El Horror de Dunwich y otros relatos

H. P. Lovecraft

Traducción: Benjamin Briggent

Cuarta Edición: 2025

Diseño de cubierta: Alejandro Díaz
Maquetación: Saul Rojas

Edita: Plutón Ediciones X, s. l.,

E-mail: contacto@plutonediciones.com
http://www.plutonediciones.com

I.S.B.N anterior: 978 84-17928-74-2

I.S.B.N: 979-13-87952-01-3
Depósito Legal: B-19073-2025

Impreso en España / Printed in Spain

Estudio Preliminar

Howard Phillips Lovecraft vino al mundo en Providence, capital del Estado de Rhode Island (E.E.U.U.) en 1890. Su padre era un rico comerciante de la plata, metales preciosos y joyería y su madre pertenecía a una rancia estirpe pionera, pues sus ancestros se remontaban casi hasta los peregrinos del Mayflower.

Su madre sometió a su único hijo a una disciplina férrea, sobre todo, a partir del fallecimiento de su marido cuando Lovecraft tenía ocho años, víctima de una crisis nerviosa que se le había desencadenado cinco años atrás.

Además de su apabullante madre, intervinieron en la educación del pequeño, sus dos tías y su abuelo materno (el único que le comprendía) los cuales convivían en su casa familiar.

Así, no es extraño que el pequeño H.P. que había heredado idéntica constitución nerviosa, se evadiera desde muy pequeño de la férula educativa, rodeado por parajes sombríos y apartados para hacer vagar a sus anchas a su desbordante imaginación. Se ensimismaba en la observación de sorprendentes detalles y llenaba el escenario de hadas y personajes sobrenaturales.

Empezó a escribir poesía y ensayos mientras permanecía recluido voluntariamente en casa, rara vez salía antes de caer la noche y estaba desarrollando una vida de ermitaño, hasta que en 1914 una carta escrita por él para la revista de ficción *The Argosy* captó la atención de Edward F. Daas, presidente de la *United Amateur Press Association* (*UAPA*).

Fue invitado a unirse a la organización y a partir de entonces empezó a escribir más regularmente.

Con el apoyo de la *UAPA*, Lovecraft dio sus primeros pasos como escritor profesional, publicando un relato por primera vez en *The Amateur.* Luego su carrera tomaría vuelo como una voz muy importante en el género de terror y misterio, del que sería uno de sus más grandes exponentes, sobre todo después de su muerte y por el extenso legado de su obra.

H. P. Lovecraft falleció por una enfermedad muy prolongada en marzo de 1937. Murió casi en la pobreza debido a las dificultades económicas producidas por su vida literaria y la mala administración de sus bienes heredados. Sin embargo, su legado sigue fuerte hasta nuestros días.

El Horror de Dunwich

Una de las historias más famosas de los *Mitos de Cthulhu*, *El Horror de Dunwich* fue escrita en 1928 y publicada un año después en la revista *Weird Tales*, como muchos de los relatos de Lovecraft.

La historia narra los misteriosos acontecimientos que rodean a la extraña familia Whateley, especialmente la vida de Wilbur, un deforme y precoz joven que es iniciado en las artes oscuras por su abuelo, el viejo Whateley. En el pueblo se rumorea que las desapariciones de ganado que están sufriendo tienen que ver con la enigmática familia y la posible presencia de un monstruo innombrable que habita en su granero.

El relato que construye Lovecraft cuenta con todos los elementos por los que es reconocida y celebrada su obra: misterios milenarios, la aparición del Necronomicón como repositorio del conocimiento prohibido, monstruos indescriptibles y el inevitable paso de la muerte y destrucción como consecuencia del contacto entre nuestro mundo y los Viejos Dioses, que son el epicentro del *Mito de Cthulhu* y el tema central, y a veces hasta periférico, de mucha de la obra de H. P. Lovecraft.

El resto de los relatos que componen este volumen exploran los temas comunes de la obra del autor, añadiendo a la profunda mitología de los Viejos Dioses o simplemente explorando una nueva forma de terror, sin perder nunca de vista la misión de generar en sus lectores la desconcertante sensación de miedo y profundo misterio de la que Lovecraft era maestro y profeta.

Los cuentos incluidos son: *El Horror de Dunwich, La antigua raza, La declaración de Randolph Carter, Lo innombrable, El templo, Él y El descendiente.*

El Horror de Dunwich

Las Gorgonas, las Hidras y las Quimeras —horribles leyendas de Celeno1 y las Harpías— pueden reproducirse en el cerebro de la gente supersticiosa... pero ya anidaban allí desde mucho antes. Son transcripciones, modelos... los arquetipos están dentro de nosotros y son eternos. ¿Cómo, si no, podría llegar a trastornarnos el relato de lo que sabemos con toda seguridad que es falso? ¿Será que concebimos naturalmente el terror de tales seres en tanto que pueden infligirnos un daño físico? ¡No, ni mucho menos! Esos errores están ahí persistentes. Se remontan a antes de que existiese el cuerpo humano... sin él, daría lo mismo... El hecho de que el miedo de que tratamos aquí sea puramente espiritual —tan intenso en proporción como sin objeto en la Tierra, y que pr edomine en el periodo de nuestra impecable infancia— plantea problemas cuya solución puede aportarnos alguna idea verosímil sobre nuestra condición anterior a la creación del mundo y un vistazo, quizás, el tenebroso campo de la preexistencia.

Charles Lamb,
"Witches and Other Night-Fears"[2]

I

Cuando la persona que viaja justo por el norte del estado de Massachusetts tiene una confusión y se equivoca de vía al llegar al cruce de la carretera de Aylesbury nada más pasar Dean's Corners, verá que se adentra en una ex-

1 Celeno, es el nombre de una de las harpías, genios alados que raptaban niños y almas.

2 *Brujas y otros seres nocturnos*, escrito entre 1775 y 1834.

traña y solitaria comarca. El terreno se hace más escarpado y las paredes de piedra cubiertas de maleza van encajonando cada vez más la sinuosa carretera de tierra. Los árboles de los bosques allí son de un tamaño bastante grande, y la maleza, las zarzas y la hierba logran una frondosidad rara vez vista en las regiones habitadas. Por el contrario, los campos cultivados son extraordinariamente escasos y áridos, mientras que las pocas casas diseminadas a lo largo del camino presentan un sorprendente aspecto uniforme de vejez, suciedad y ruina. Sin saber exactamente por qué, uno no se atreve a solicitar nada de las arrugadas y solitarias figuras que, de cuando en cuando, se divisan desde puertas medio derruidas o desde pendientes y rocosos prados. Esas gentes son tan silenciosas y hurañas que uno tiene la impresión de verse frente a un recóndito enigma del que más vale no intentar averiguar nada. Y ese sentimiento de extraño desasosiego se recrudece cuando, desde un alto del camino, se divisan las montañas que se alzan por encima de los frondosos bosques que cubren la comarca. Las cumbres tienen una forma bastante redondeada y simétrica como para imaginar una naturaleza tranquila y normal, y a veces pueden verse recortados con singular nitidez contra el cielo unos extraños círculos formados por altas columnas de piedra que coronan las cimas montañosas, en su gran mayoría.

El camino se encuentra interrumpido por barrancos y gargantas de una profundidad indefinida, y los toscos puentes de madera que los salvan no dan gran seguridad al viajero. Cuando el camino inicia la bajada, se atraviesan terrenos pantanosos que despiertan instintivamente una honda repugnancia, y hasta llega a invadirle al viajero una sensación de temor cuando, al ponerse el sol, invisibles chotacabras comienzan a lanzar estridentes chillidos, y las luciérnagas, en anormal profusión, se aprestan a danzar al ritmo bronco y atrozmente monótono del horrísono croar de los sapos o ranas. Las angostas y resplandecientes aguas del curso superior del Miskatonic[3] adquieren una extraña forma serpenteante mientras discurren al pie de las abovedadas cumbres montañosas entre las que se origina.

A medida que el viajero se va aproximando hacia las montañas, pone más atención en sus frondosas vertientes que en sus cumbres coronadas por altas piedras. Las vertientes de aquellas montañas son tan escarpadas y sombrías que uno desearía que se mantuviesen lejos, pero tiene que seguir adelante pues no hay camino que permita eludirlas. Pasado un puente cubierto puede verse un pueblecito que se encuentra agazapado entre el curso del río y la ladera cortada a pico de Round Mountain, y el viajero se maravilla ante aquel puñado de techumbres decrépitas de estilo holandés, que hacen pensar en un período arquitectónico anterior al de la comarca vecina. Y cuando se aproxima más no resulta relajante comprobar que el gran número de casas están desiertas y medio derruidas y que la iglesia —con el chapitel quebrado— alberga ahora el único y destartalado establecimiento mercantil de toda la aldea. El simple paso del tenebroso túnel del puente infunde ya cierto temor, pero tampoco hay forma alguna de evitarlo. Una vez atravesado el túnel, es difícil que a uno no le asalte la sensación de un ligero asqueroso y desagradable olor al pasar por la calle principal y ver la descomposición y la mugre acumuladas a lo largo de siglos. Siempre resulta reconfortante salir de aquel lugar y, siguiendo la estrecha carretera que discu-

3 Rio de nombre indio con el significado de lugar de la montaña roja.

rre al pie de las montañas, cruzar la llanura que se extiende una vez traspuestas las cumbres montañosas hasta volver a desembocar en la carretera de Aylesbury. Una vez allí, es posible que el viajero se percate de su paso por Dunwich.

Casi no se ven forasteros en Dunwich, y tras los horrores padecidos en el pueblo últimamente todas las señales que indicaban cómo llegar hasta él han desaparecido del camino. Sin embargo no deja de ser una región de singular belleza, según los cánones estéticos en boga aunque no atrae para nada a artistas ni a veraneantes. Hace dos siglos, cuando a la gente no se le pasaba por la cabeza reírse de brujerías, cultos satánicos o extraños seres que poblaban los bosques, ofrecían válidas razones para evitar el paso por la localidad. Pero en los racionales tiempos que corren —silenciado el horror que se desató sobre Dunwich en 1928 por quienes procuran por encima de todo el bienestar del pueblo y del mundo— la gente evita el pueblo sin saber exactamente la principal causa. Quizá la razón de ello radique —aunque no puede aplicarse a los forasteros mal informados— en que los naturales de Dunwich se han degradado de forma harto repugnante, habiendo rebasado con mucho esa senda de regresión tan común a muchos apartados rincones de Nueva Inglaterra. Los vecinos de Dunwich han llegado a constituir un tipo racial propio, con estigmas físicos y mentales de degeneración y endogamia bien definidos. Su nivel medio de inteligencia es deplorablemente bajo, mientras que sus anales recogen un apestoso tufo a perversidad y a asesinatos semiencubiertos, a incestos y a infinidad de actos de innominable violencia y perversidad. La aristocracia local, representada por los dos o tres linajes familiares que vinieron procedentes de Salem en 1692, ha conseguido mantenerse algo por encima del nivel general de depravación, aunque numerosas ramas de tales linajes acabaron por sumirse tanto entre la sórdida plebe que solo restan sus apellidos como recordatorio del origen de su desgracia. Algunos de los Whateley y de los Bishop continúan todavía enviando a sus primogénitos a Harvard y Miskatonic, pero los jóvenes que se van rara vez vuelven a las semiderruidas techumbres de estilo holandés bajo las que tanto ellos como sus antepasados nacieron y crecieron.

Nadie, ni tan solo quienes saben las causas por los que se desencadenó el reciente horror, puede decir qué le sucede a Dunwich, aunque las ancestrales leyendas remiten a idolátricos ritos y cónclaves de los indios en los que invocaban misteriosas figuras provenientes de las grandes montañas rematadas en forma de bóveda, al tiempo que oficiaban salvajes rituales orgiásticos contestados por estridentes crujidos y fragores provenientes del interior de las montañas. En 1747, el reverendo Abijah Hoadley, recién incorporado a su ministerio en la iglesia congregacional de Dunwich, predicó un memorable sermón sobre la amenaza del Diablo y sus colegas que se cernía sobre la aldea en el que, entre otras cosas, dijo:

«No puede negarse que tales monstruosidades integrantes de un infernal cortejo de demonios son fenómenos harto conocidos como para pretender negarlos. Las impías voces de Azazel y de Buzrael, de Belcebú y de Belial, las oyen hoy saliendo de la tierra más de una veintena de testigos de toda confianza. Y hasta yo mismo, no hará más de dos semanas, pude escuchar toda una alocución de las potencias infernales detrás de mi casa. Los chirridos, redobles, quejidos, gritos y silbidos que allí se oían no podían proceder de nadie de este mundo, eran de esos sonidos que solo pueden salir de ignorada simas que solo a la magia negra le es dado descubrir y al diablo penetrar.»

No había transcurrido mucho tiempo desde la lectura de este sermón cuando el reverendo Hoadley desapareció sin que se supiera más de él, si bien continúa conservándose el texto del sermón, impreso en Springfield. No había año en que no se oyese y diese cuenta de estrepitosos ruidos en el interior de las montañas, y todavía hoy tales ruidos siguen sumiendo en la mayor perplejidad a geólogos y fisiógrafos.

Otras tradiciones hacen referencia a fétidos olores en las cercanías de los círculos de rocosas columnas que coronan las cumbres montañosas y a entes etéreos cuya presencia puede detectarse difusamente a ciertas horas en el fondo de los grandes barrancos, mientras otras leyendas tratan de explicarlo todo en función del Devil's Hop Yard, una ladera desolada en la que no crecen ni árboles, ni matorrales ni hierba alguna. Por si fuera poco, los naturales del lugar tienen un miedo cerval a la algarabía que arma en las cálidas noches la legión de chotacabras que habita la comarca. Afirman que tales pájaros son psicopompos que están al acecho de las almas de los muertos y que sincronizan al unísono sus pavorosos chillidos con la jadeante respiración del moribundo. Si consiguen atrapar el alma fugitiva en el instante en que abandona el cuerpo se ponen a revolotear acto seguido y prorrumpen en diabólicas risotadas, pero si ven frustradas sus intenciones se sumen poco a poco en el silencio más deprimente.

Por supuesto que dichas historias ya no se oyen y no hay quien crea realmente en ellas, pues datan de tiempos muy ancestrales. Dunwich es un pueblo extraordinariamente viejo, mucho más que cualquier otro en treinta millas a la redonda. Al sur todavía pueden verse las paredes del sótano y la chimenea de la antiquísima casa de los Bishop, construida con anterioridad a 1700, mientras que las ruinas del molino que hay en la cascada, construido en 1806, constituyen la pieza arquitectónica más moderna de la localidad. La industria no arraigó en Dunwich y el movimiento fabril del siglo XIX resultó ser de breve duración en la localidad. Con todo, lo más antiguo son los inmensos círculos de columnas de piedra bastamente esculpidas que se encuentran en las cumbres montañosas, pero esta obra se atribuye generalmente más a los indios que a los colonos. Restos de cráneos y huesos humanos, encontrados en la parte interna de dichos círculos y en torno a la gran roca en forma de mesa de Sentinel Hill, apoyan la creencia de que tales lugares fueron en otras épocas enterramientos de los indios pocumtuk[4], aun cuando muchos etnólogos, obviando la práctica imposibilidad de tan absurda teoría, continúan empeñados en seguir creyendo que se trata de restos caucásicos.

II

Fue en el término municipal de Dunwich, en una granja bastante amplia y parcialmente deshabitada construida sobre una ladera a una distancia de cuatro millas del pueblo y a una media de la casa más próxima, donde el domingo 2 de febrero de 1913, a las 5 de la mañana, nació Wil-

4 Una de las siete tribus aborígenes de Massachusetts.

bur Whateley. La fecha se recuerda porque era el día de la Candelaria, que los vecinos de Dunwich curiosamente celebran bajo otro nombre, y, además, por el fragor de los ruidos que se oyeron en la montaña y por el alboroto de los perros de la comarca que no cesaron de ladrar en toda la noche. Igualmente cabe resaltar, aunque ello tenga menos importancia, que la madre de Wilbur pertenecía a la rama degradada de los Whateley. Era una albina de treinta y cinco años de edad, un tanto deforme y sin el menor atractivo, que vivía en compañía de su anciano y medio enloquecido padre, de quien durante su juventud corrieron los más terroríficos rumores acerca de actos de brujería. Lavinia Whateley no tenía marido declarado, pero siguiendo la costumbre de la comarca no hizo nada por repudiar al niño, y en cuanto a la paternidad del recién nacido la gente pudo —y así sucedió— especular a su antojo. La madre estaba extrañamente orgullosa de aquella criatura de tez morena y facciones de chivo que tanto contrastaba con su enfermizo semblante y sus rosáceos ojos de albina, y cuentan que se la oyó susurrar innumerables profecías acerca de las increíbles facultades de que estaba dotado el niño y el impresionante futuro que le esperaba.

Lavinia estaba dispuesta a propagar tales cosas, pues de siempre había sido una criatura solitaria quien gozaba con correr por las montañas cuando se desataban espantosas tormentas y que gustaba de leer los voluminosos y añejos libros que su padre había heredado tras dos siglos de existencia de los Whateley, libros que comenzaban a desintegrarse de puro viejos y apolillados. Nunca había ido a la escuela, pero sabía de memoria multitud de fragmentos inconexos de antiguas leyendas populares que el viejo Whateley le había contado.

De siempre habían temido los vecinos de la localidad la solitaria granja a causa de la fama de brujo del viejo Whateley, y la misteriosa muerte violenta que sufrió su mujer cuando Lavinia apenas contaba doce años no contribuyó en nada a hacer popular el lugar. Siempre solitaria y aislada en medio de extrañas influencias, Lavinia gustaba de entregarse a visiones delirantes y grandiosas, a la vez que a singulares ocupaciones. Su tiempo libre casi no se veía reducido por los cuidados domésticos en una casa en que ni los más mínimos principios de orden y limpieza se observaban desde hacía tiempo.

La noche en que Wilbur vino al mundo se percibió un grito horrible, que retumbó incluso por encima de los ruidos de la montaña y de los ladridos de los perros, pero, que se sepa, ni médico ni comadrona alguna estuvieron presentes en su nacimiento. Los vecinos no supieron nada del parto hasta pasada una semana, en que el viejo Whateley recorrió en su trineo el nevado camino que separaba su casa de Dunwich y se puso a hablar de forma incoherente al grupo de aldeanos que concurrían a la tienda de Osborn. Parecía como si se hubiera producido un cambio en el anciano, como si un elemento futuro nuevo se hubiese introducido en su obnubilado cerebro transformándole de objeto en sujeto de temor, aunque, lo cierto, es que no era nadie que se preocupase especialmente por los asuntos familiares. Con todo, mostraba algo de orgullo que últimamente había podido advertirse en su hija, y lo que dijo acerca de la paternidad del recién nacido sería recordado años después por quienes entonces escucharon sus palabras estuvieron atentos a su discurso.

—No me importa lo que opine la gente. Si el hijo de Lavinia se parece a su padre, será bien distinto de cuanto puede esperarse. No hay razones para creer que no hay otra gente que la que se ve por estos lugares. Lavinia ha leído y ha visto cosas que la mayoría de vosotros ni siquiera sois capaces de imaginar. Espero que su hombre sea tan buen marido como el mejor que pueda encontrarse por esta parte de Aylesbury, y si supierais la mitad de cosas que yo sé no desearíais mejor casamiento por la iglesia ni aquí ni en ninguna otra parte. Escuchad bien esto que os digo: algún día oiréis todos al hijo de Lavinia pronunciar el nombre de su padre en la cumbre de Sentinel Hill.

Las únicas personas que vieron a Wilbur durante el primer mes de su vida fueron el viejo Zechariah Whateley, de la rama todavía no degenerada de los Whateley, y Mamie Bishop, la mujer con quien vivía desde hacía años Earl Sawyer. La visita de Mamie obedeció a la simple curiosidad y las historias que contó confirmaron sus observaciones, en tanto que Zechariah fue por allí a llevar un par de vacas de raza Alderney que el viejo Whateley le había comprado a su hijo Curtis. Dicha compra marcó el comienzo de la adquisición de una larga serie de cabezas de ganado vacuno por parte de la familia del pequeño Wilbur que no finalizaría hasta 1928 —es decir, el año en que el horror se abatió sobre Dunwich, pero en ningún momento dio la impresión de que el destartalado establo de Whateley estuviese lleno hasta rebosar de ganado. A ello siguió un período en que la curiosidad de ciertos vecinos de Dunwich les llevó a subir a escondidas hasta los pastos y contar las cabezas de ganado que pacían precariamente en la empinada ladera justo por encima de la vieja granja, y jamás pudieron contar más de diez o doce anémicos y casi agotados ejemplares. Debía ser una plaga o enfermedad, originada quizás en los insalubres pastos o transmitida por algún hongo o madera contaminados del asqueroso establo, lo que producía tan crecida mortalidad entre el ganado de Whateley. Extrañas heridas o llagas, semejantes a incisiones, parecían cebarse en las vacas que podían verse paciendo por aquellos contornos y una o dos veces en el curso de los primeros meses de la vida de Wilbur algunas personas que fueron a visitar a los Whateley creyeron ver llagas semejantes en la garganta del anciano canoso y sin afeitar y en la de su desaliñada y desgreñada hija albina.

En la primavera que siguió al nacimiento de Wilbur, Lavinia empezó sus cotidianas correrías por las montañas, llevando en sus desproporcionados brazos a su criatura de piel oscura. La curiosidad de los aldeanos hacia los Whateley remitió tras contemplar al retoño, y a nadie se le ocurrió hacer el menor comentario sobre el extraordinario desarrollo del recién nacido, visible de un día para otro. La realidad es que Wilbur crecía a un ritmo increíble, pues a los tres meses había alcanzado ya una talla y fuerza muscular que excepcionalmente se observa en niños menores de un año. Sus movimientos y hasta sus sonidos vocales mostraban una contención y una nueva sorpresa le llegó justo cuando, a los siete meses, empezó a andar sin ayuda alguna, con pequeñas vacilaciones que al cabo de un mes habían desaparecido totalmente.

Pero tiempo después, justo a la Víspera de Todos los Santos, pudo descubrirse una gran hoguera a medianoche en la cima de Sentinel Hill, allí donde se levantaba la antigua piedra con forma de mesa en medio de un túmulo de osamentas ancestrales. Por el pueblo corrieron toda clase de dimes y diretes a raíz de que Silas Bishop —de la rama no degradada de los Bishop— dijo haber visto al chico de los Whateley subiendo velozmente la montaña delante de su madre, justo una hora antes de percibirse las llamas. Silas andaba buscando un ternero extraviado, pero casi olvidó la misión que le había llevado allá al divisar por un momento, a la luz del farol que portaba, a las dos figuras que corrían montaña arriba. Madre e hijo se deslizaban sigilosamente por entre la maleza, y Silas, que no salía de su asombro, creyó ver que iban totalmente desnudos. Al recordarlo después, no estaba del todo seguro por cuanto al niño respecta, y creía que era probable que llevase una especie de cinturón con flecos y un par de calzones o pantalones de color oscuro. Lo cierto es que a Wilbur jamás se le volvió a ver, al menos vivo y en estado consciente, sin un vestido completo encima y ceñidamente abotonado, y cualquier desarreglo, real o supuesto, en su indumentaria parecía enojarle muchísimo. Su contraste con el escuálido aspecto de su madre y de su abuelo era muy notorio, algo que no se explicaría del todo hasta 1928, año en que el horror se abatió sobre Dunwich.

Por el mes de enero, entre los chismorreos que corrían por el pueblo se hacía mención de que el «rapaz negro de Lavinia» había comenzado a hablar, cuando solo contaba once meses. Su lenguaje era impresionante, tanto porque se diferenciaba de los acentos normales que se oían en la región como por la ausencia del balbuceo infantil apreciable en muchos niños de tres y cuatro años. No era una criatura habladora, pero cuando se ponía a charlar parecía expresar algo incomprensible y totalmente desconocido para los vecinos de Dunwich. La extrañeza no radicaba en cuanto decía ni en las sencillas expresiones a que recurría, sino que parecía guardar una vaga relación con el tono o con los órganos vocales productores de los sonidos silábicos. Sus rasgos se caracterizaban, asimismo, por una nota de madurez, pues si bien tenía en común con su madre y abuelo la falta de mentón, la nariz, firme y precozmente perfilada, junto con la expresión de los ojos —grandes, oscuros y de rasgos latinos—, hacían que pareciese casi adulto y dotado de una inteligencia singular. Pese a su aparente brillantez era, sin embargo, rematadamente feo. Desde luego, algo de caprino o animal había en sus carnosos labios, en su piel amarillenta y porosa, en su áspero y desgreñado pelo y en sus orejas increíblemente alargadas. Pronto la gente empezó a sentir repulsión hacia él, de forma incluso más marcada que hacia su madre y abuelo, y todo cuanto sobre él se aventuraban a decir se hallaba salpicado de referencias al pasado de brujo del viejo Whateley y a cómo retumbaron las montañas cuando profirió a pleno pulmón el misterioso nombre de Yog-Sothoth, en medio de un círculo de piedras y con un gran libro abierto entre sus manos.

Los perros se enfurecían ante la sola presencia del niño, hasta el punto de que continuamente se veía obligado a ponerse en guardia de sus amenazadores ladridos.

III

Año tras año, el viejo Whateley siguió comprando ganado sin que se viera aumentar el número de su cabaña.

Asimismo, taló madera y se puso a restaurar las partes hasta entonces sin utilizar de la casa, un espacioso edificio con el tejado rematado en pico y la fachada posterior totalmente empotrada en la rocosa ladera de la montaña. Hasta entonces, las tres habitaciones en estado menos deteriorado de la planta baja habían bastado para cobijar a su hija y a él. El anciano debía conservar todavía una fuerza singular para poder realizar sin ayuda tan ardua tarea, y aunque a veces murmuraba cosas que se salían de lo normal, su trabajo de carpintería demostraba que conservaba el sano juicio. Empezó las obras nada más nacer Wilbur, después de poner un día en orden uno de los numerosos cobertizos donde se guardaban los aperos, entablarlo y colocar una nueva y resistente cerradura. Ahora, al emprender las obras de reparación del abandonado piso superior, demostró seguir estando en posesión de sobresalientes facultades manuales. Su manía se reflejaba tan solo en un afán por tapar herméticamente con tablones todas las ventanas del ala restaurada, aunque a juicio de muchos el mero hecho de intentar repararla ya era una locura. Y se explicaba mejor que quisiese acondicionar otra habitación en la planta baja para el nieto recién nacido, habitación esta que varios visitantes pudieron ver, si bien nadie logró jamás acceder a la planta superior herméticamente cerrada por gruesos tablones de madera. Revistió toda la habitación del nieto con sólidas estanterías hasta el techo, sobre las cuales fue colocando, poco a poco y en orden aparentemente cuidadoso, los antiguos volúmenes carcomidos y los fragmentos sueltos de libros que hasta entonces habían estado amontonados sin ton ni son en los más extraños rincones de la casa.

—Me han sido muy útiles —decía Whateley mientras trataba de pegar una página suelta de caracteres góticos con una cola preparada en el oxidado horno de la cocina—, pero estoy seguro de que el chico sabrá sacar mejor provecho de ellos. Quiero que estén en las mejores condiciones posibles, pues todos van a servirle para su aprendizaje.

Cuando Wilbur contaba un año y siete meses —esto es, en septiembre de 1914— su estatura y, en general, las cosas que hacía se salían por completo de lo corriente. Tenía ya la altura de un niño de cuatro años, hablaba con soltura y demostraba hallarse dotado de una inteligencia increíble. Andaba solo por los campos y empinadas laderas, y acompañaba a su madre en sus vagabundeos por la montaña. Cuando estaba en casa, no cesaba de escudriñar los extraños grabados y cuadros que encerraban los libros de su abuelo, mientras el viejo Whateley le instruía y catequizaba en medio del silencio reinante de muchas largas y tediosas tardes. Para entonces ya habían terminado las obras de la casa, y quienes tuvieron ocasión de verlas se preguntaban por qué habría convertido el viejo Whateley una de las ventanas del piso superior en una robusta puerta entablada. Se trataba de la última ventana abuhardillada en la fachada posterior orientada a poniente, pegada a la ladera montañosa, y nadie se hacía la menor idea de por qué habría construido una sólida pasarela de madera para subir hasta ella. Para cuando las obras estaban a punto de finalizar la gente descubrió que el antiguo cobertizo de los aperos, herméticamente cerrado y con las ventanas cubiertas por tablones desde el nacimiento de Wilbur, había vuelto a quedar abandonado. La puerta estaba siempre abierta de par en par, y cuando Earl Sawyer un día se adentró en su interior, con ocasión de una visita al viejo Whateley relacionada con la venta de ganado, se desconcentró completamente del apestoso olor que se respiraba en el cobertizo; un hedor —según diría después— que no guardaba parecido con nada conocido excepto con el olor que se percibía en las inmediaciones de los círculos indios de la montaña, y que no podía provenir de nada sano ni de este mundo. Pero también es cierto que las casas y cobertizos de los vecinos de Dunwich nunca se caracterizaron precisamente por sus buenos perfumes.

No hay nada digno de mencionar en los meses que siguieron, salvo que todo el mundo juraba percibir un ligero pero continuado aumento de los misteriosos ruidos que salían de la montaña. La víspera del primero de mayo de 1915 se dejaron sentir tales temblores de tierra que hasta los vecinos de Aylesbury pudieron detectarlos, y unos meses después, en la Víspera de Todos los Santos, se produjo un fragor subterráneo asombrosamente sincronizado con una serie de llamaradas —«ya están otra vez los Whateley con sus brujerías», decían los vecinos de Dunwich— en la cima de Sentinel Hill. Wilbur seguía creciendo a un ritmo extraordinario, hasta el punto de que al cumplir cuatro años parecía como si tuviera ya diez. Leía sin cesar, sin ayuda alguna, pero se había vuelto mucho más taciturno. Su semblante denotaba un natural reservado, y por vez primera la gente empezó a hablar del incipiente aspecto demoníaco de sus facciones caprinas. A veces se ponía a musitar en una jerga totalmente desconocida y a cantar extrañas melodías que hacían estremecer a quienes las escuchaban invadiéndoles un inusitado terror. La aversión que mostraban hacia él los perros era objeto de constantes comentarios, hasta el punto de verse precisado a llevar siempre una pistola encima para evitar ser asaltado en sus correrías a través del campo. Y, claro está, su utilización del arma en diversas ocasiones no contribuyó de ninguna manera a granjearle la simpatía de los dueños de perros guardianes.

Las escasas visitas que acudían a la casa de los Whateley encontraban a menudo a Lavinia sola en la planta baja, mientras se percibían extraños gritos y pisadas en el entablado piso superior. Nunca dijo Lavinia qué podrían estar haciendo su padre y el muchacho allá arriba, aunque una vez en que un alegre pescadero intentó abrir la atrancada puerta que daba a la escalera empalideció y un pánico anormal se dibujó en su rostro. El pescadero contó luego en la tienda de Dunwich que le pareció oír el pataleo de un caballo en el piso superior. Los clientes que en aquel instante se encontraban en la tienda pensaron de inmediato en la puerta, en la rampa y en el ganado que con tal rapidez desaparecía, estremeciéndose al recordar las historias de los años mozos del viejo Whateley y las extrañas cosas que deja entrever la tierra cuando se sacrifica un ternero en un momento propicio a ciertos dioses paganos. Desde hacía tiempo podía advertirse que los perros temían y odiaban la finca de los Whateley con igual furia que anteriormente habían demostrado hacia la persona de Wilbur.

En 1917 los EEUU entraron en la guerra, y el juez de paz Sawyer Whateley, en su condición de presidente de la junta de reclutamiento local, tuvo grandes dificultades para lograr constituir el contingente de jóvenes físicamente aptos de Dunwich que habían de acudir al campamento de instrucción. El gobierno, alarmado ante los síntomas de degradación de los habitantes de la comarca, envió varios inspectores y especialistas médicos para que investigaran las causas, los cuales llevaron a cabo una encuesta que todavía tienen presente los lectores de diarios de Nueva Inglaterra. La publicidad que se dio en torno a la investigación puso a algunos periodistas sobre la pista de los Whateley, y llevó a las ediciones dominicales del Boston Globe y del Arkham Advertiser a publicar artículos sensacionalistas sobre la precocidad de Wilbur, la magia negra del viejo Whateley, las estanterías repletas de extraños volúmenes, el segundo piso herméticamente cerrado de la antigua granja, el misterio que rodeaba a la comarca entera y los ruidos que se percibían en la montaña. Wilbur contaba por entonces cuatro años y medio, pero tenía todo el aspecto de un muchacho de quince. Su labio superior y mejillas estaban cubiertos de un vello áspero y oscuro, y su voz había comenzado ya a enronquecer.

Un día Earl Sawyer se dirigió a la finca de los Whateley acompañado de un grupo de periodistas y fotógrafos, llamándoles su atención hacia la extraña pestilencia que provenía de la planta superior. Según dijo, era exactamente igual que el olor reinante en el abandonado cobertizo donde se guardaban los aperos una vez acabadas las obras de reconstrucción, y muy semejante a los débiles olores que creyó percibir a veces en las cercanías del círculo de piedra de la montaña. Los vecinos de Dunwich leyeron las historias sobre los Whateley al verlas publicadas en los periódicos, y no pudieron menos de sonreírse ante los manifiestos errores que contenían.

Se preguntaban, asimismo, por qué los periodistas atribuirían tanta importancia al hecho de que el viejo Whateley pagase siempre al comprar el ganado en antiquísimas monedas de oro. Los Whateley recibieron a sus visitantes con mal disimulado disgusto, si bien no osaron ofrecer violenta resistencia ni se negaron a contestar sus preguntas por miedo a que dieran mayor resonancia al caso.

IV

A lo largo de toda una década la historia de los Whateley se mezcló confusamente con la existencia general de una comunidad patológicamente enfermiza que se hallaba acostumbrada a su extraña conducta y se había vuelto insensible a sus orgiásticas celebraciones de la Víspera de Mayo y de Todos los Santos. Dos veces al año los Whateley encendían hogueras en la cima de Sentinel Hill, y en tales fechas el fragor de la montaña se reproducía con violencia cada vez más patente; y tampoco resultaba extraño que tuviesen lugar acontecimientos inusitados y extraordinarios en su solitaria granja en cualquier otra fecha del año. Con el tiempo, los visitantes afirmaron oír ruidos en la cerrada planta alta, incluso en momentos en que todos los miembros de la familia se encontraban abajo, y se preguntaron a qué ritmo solían sacrificar los Whateley una vaca o un ternero. Se pensaba incluso en denunciar el caso a la Sociedad Protectora de Animales, pero al final no se hizo nada pues los vecinos de Dunwich no tenían preocupación de que el mundo exterior se fijase en ellos.

Hacia 1923, siendo Wilbur un muchacho de diez años y con una inteligencia, voz, estatura y barba que le conferían todo el aspecto de una persona ya madura, comenzó una segunda etapa de obras de carpintería en la vieja finca de los Whateley. Las obras afectaban a la cerrada planta superior, y por los trozos de madera sobrante que se veían por el suelo la gente infirió que el joven y el abuelo habían tirado todos los tabiques y hasta elevado la tarima del piso, dejando solo un gran espacio abierto entre la planta baja y el tejado rematado en pico. También habían demolido la gran chimenea central e instalado en el ruginoso espacio que quedó al descubierto una endeble cañería de hojalata con salida al exterior.

En la primavera que siguió a las obras el viejo Whateley advirtió el crecido número de chotacabras[5] que, procedentes del barranco de Cold Spring, acudían por las noches a chillar bajo su ventana. Whateley atribuyó a la presencia de tales pájaros un significado especial y un día dijo en la tienda de Osborn que creía cercana su muerte.

—Ahora chirrían al compás de mi respiración —dijo—, así que deben estar ya al acecho para lanzarse sobre mi alma. Saben que pronto va a abandonarme y no quieren dejarla escapar. Cuando haya muerto sabréis si lo consiguieron o no. Caso de conseguirlo, no cesarían de chirriar y proferir risotadas hasta el amanecer; de lo contrario se callarán. Los espero a ellos y a las almas que atrapan pues si quieren mi alma les va a costar lo suyo.

En la noche de la fiesta de la Recolección de la cosecha de 1924, el doctor Houghton, de Aylesbury, recibió una llamada urgente de Wilbur Whateley, que se había lanzado a todo galope en medio de la oscuridad reinante, en el único caballo que todavía restaba a los Whateley, con el fin de llegar lo antes posible al pueblo y telefonear desde la tienda de Osborn. El doctor Houghton encontró al viejo Wha-

5 Especie de pájaro nocturno muy chillón, con la leyenda de que se apoderaban de las almas de los difuntos impidiéndoles su salvación.

teley en estado agonizante, con un ritmo cardíaco y una respiración estertórea que presagiaban un final inminente. La deforme hija albina y el nieto adolescente, pero ya barbudo, se encontraban junto al lecho mortuorio, mientras que del tenebroso espacio que se abría por encima de sus cabezas llegaba la desagradable sensación de una especie de chapoteo u oleaje rítmico, algo así como el ruido de las olas en una playa de aguas tranquilas. Con todo, lo que más le molestaba al médico era el ensordecedor griterío que armaban las aves nocturnas que revoloteaban en torno a la casa: una verdadera legión de chotacabras que chirriaba su monótono mensaje infernalmente sincronizado con los entrecortados estertores del agonizante anciano.

Aquello sobrepasaba sin duda lo macabro y lo monstruoso, pensó el doctor Houghton, que al igual que el resto de los vecinos de la comarca había acudido de muy mala gana a la casa de los Whateley en respuesta a la llamada urgente que se le había hecho.

Hacia la una de la noche el viejo Whateley recobró la conciencia y, al tiempo que cesaban sus estertores, susurró algunas entrecortadas palabras a su nieto.

—Más espacio, Willy, necesita más espacio y cuanto antes. Tú creces, pero eso todavía crece más deprisa. Pronto te servirá, hijo. Abre las puertas de par en par a Yog-Sothoth salmodiando el largo canto que encontrarás en la página 751 de la edición completa, y luego préndele fuego a la prisión. El fuego de la tierra no puede quemarlo.

No cabía la menor duda, que el viejo Whateley estaba loco de atar. Tras una pausa durante la cual la bandada de chotacabras que había fuera sincronizó sus chirridos al nuevo ritmo jadeante de la respiración del anciano y pudieron oírse extraños ruidos que venían de algún remoto lugar en las montañas, todavía tuvo fuerzas para pronunciar una o dos frases más.

—No dejes de alimentarlo, Willy, y ten presente la cantidad en todo instante. Pero no dejes que crezca demasiado rápido para el lugar, pues si revienta en pedazos o sale antes de que abras la puerta a Yog-Sothoth, no habrán servido de nada todos los esfuerzos. Solo los que vienen del más allá pueden hacer que se reproduzca y surta efecto... Solo ellos, los antiguos que desean regresar...

Pero tras las últimas palabras volvieron de nuevo a reproducirse los estertores del viejo Whateley, y Lavinia lanzó un espantoso grito al ver cómo los chillidos que armaban los chotacabras cambiaban para adaptarse al nuevo ritmo de la respiración. No hubo ningún cambio durante una hora, al cabo de la cual la garganta del moribundo emitió el último gemido. El doctor Houghton cerró los arrugados párpados sobre los brillantes ojos grises del anciano, mientras la barahúnda que armaban los pájaros se apagaba por momentos hasta finalizar cayendo en el más completo silencio. Lavinia no cesaba de sollozar, en tanto que Wilbur se echó a reír ahogadamente y hasta ellos alcanzó el débil fragor de la montaña.

—No han conseguido apoderarse de su alma —susurró Wilbur con su potente voz de bajo.

Por entonces, Wilbur era ya un estudioso de extraordinaria erudición —si bien a su parcial manera—, y empezaba a ser conocido por la correspondencia que mantenía con numerosos bibliotecarios de remotos lugares en donde se guardaban libros raros y misteriosos de épocas remotas.

Al mismo tiempo, cada vez se le detestaba y temía más en la comarca de Dunwich por la desaparición de ciertos jóvenes que todas las sospechas hacían confluir, vagamente, en el umbral de su casa. Pero siempre se las arregló para silenciar las investigaciones ya fuese mediante el recurso a la intimidación o echando mano a una bolsa de antiguas monedas de oro que, al igual que en tiempos de su abuelo, se utilizaban de forma periódica y en cantidades crecientes para la compra de cabezas de ganado. Daba toda la impresión de ser una persona madura, y su estatura, una vez alcanzado el límite normal de la edad adulta, parecía que fuese a seguir aumentando sin parar. En 1925, con ocasión de una visita que le hizo un corresponsal suyo de la Universidad de Miskatonic, que salió de la reunión que sostuvieron lívido y desconcertado, alcanzaba ya sus buenos dos metros.

Con el paso de los años, Wilbur fue tratando a su semideforme y albina madre con un desprecio cada vez más grande, hasta llegar a prohibirle que le acompañase a las montañas en las fechas de la Víspera de Mayo y de Todos los Santos. En 1926, la desgraciada madre le dijo a Mamie Bishop que su hijo le producía un grave terror.

—Sé multitud de cosas acerca de él que me gustaría poder contarte, Mamie —le dijo un día—, pero últimamente pasan muchas que incluso yo ignoro. Juro por Dios que ni sé lo que quiere mi hijo ni lo que trata de hacer.

En la Víspera de Todos los Santos de aquel año, los ruidos de la montaña resonaron con un furor más fuerte que nunca, y al igual que todos los años pudo verse el resplandor de las llamaradas en la cima de Sentinel Hill. Pero la gente prestó más atención a los rítmicos chirridos de enormes bandadas de chotacabras —singularmente retrasados para la época del año en que se encontraban— que parecían congregarse en las inmediaciones de la granja de los Whateley. Pasada la medianoche sus estridentes notas estallaron en una especie de infernal risotada que pudo oírse por toda la comarca, y hasta el amanecer no cesaron en su espantoso griterío. Pronto, desaparecieron, dirigiéndose apresuradamente hacia el sur, adonde llegaron con un mes de retraso sobre la fecha normal. Lo que significaba tan enorme estruendo nadie lo sabría con seguridad hasta pasado mucho tiempo. En cualquier caso, aquella noche no murió nadie en toda la comarca, pero jamás volvió a verse a la desgraciada Lavinia Whateley, la deforme y albina madre de Wilbur.

En el verano de 1917 Wilbur reparó dos cobertizos que había en el corral y comenzó a trasladar a ellos sus libros y efectos personales. Al poco tiempo, Earl Sawyer dijo en la tienda de Osborn que en la granja de los Whateley habían vuelto a emprenderse obras de carpintería. Wilbur se afanaba por tapar todas las puertas y ventanas de la planta baja, y parecía que estuviese tirando todos los tabiques, tal como su abuelo y él hicieran en la planta superior cuatro años atrás. Se había instalado en uno de los cobertizos, y según Sawyer tenía un aspecto un tanto preocupado y nervioso. La gente de la localidad sospechaba que sabía algo sobre la desaparición de su madre, y eran muy pocos los que se aventuraban a rondar por las inmediaciones de la granja de los Whateley. Por aquel entonces, Wilbur sobrepasaba ya los dos metros de altura y nada señalaba que fuese a dejar de crecer.

V

El invierno siguiente fue testigo del nada desdeñable acontecimiento del primer viaje de Wilbur fuera de la comarca de Dunwich. Pese a la correspondencia que venía manteniendo con la Biblioteca de Widener de Harvard, la Biblioteca Nacional de París, el Museo Británico, la Universidad de Buenos Aires y la Biblioteca de la Universidad de Miskatonic, en Arkham, todos sus intentos por hacerse con un libro que necesitaba desesperadamente habían resultado fallidos. En vista de lo cual, a la postre, acabó por desplazarse en persona —andrajoso, mugriento, con la barba sin cuidar y aquel grosero dialecto que hablaba— a consultar el ejemplar que se conservaba en Miskatonic, la biblioteca más próxima a Dunwich. Con casi ocho pies de altura y portando una maleta de saldo recién comprada en la tienda de Osborn, aquel monstruo de tez trigueña y rostro caprino se presentó un día en Arkham en busca del temible volumen guardado bajo siete llaves en la biblioteca de la Universidad de Miskatonic: el pavoroso *Necronomicón*, del árabe demente Abdul Alhazred, en versión latina de Olaus Wormius, impreso en España en el siglo XVII. Jamás hasta entonces había visto Wilbur una ciudad, pero su único interés al llegar a Arkham se redujo a encontrar el camino que llevaba al recinto universitario. Una vez allí, pasó sin pestañear por delante del gran perro guardián de la entrada que se puso a ladrar, mostrándole sus blancos colmillos, con extraño furor al tiempo que tensaba con violencia la gruesa cadena a la que estaba sujeto.

Wilbur llevaba consigo el valioso, pero incompleto, ejemplar de la versión inglesa del *Necronomicón* del Dr.

Dee que había heredado de su abuelo, y nada más le permitieron acceder al ejemplar en latín se puso a cotejar los dos textos con el propósito de descubrir cierto pasaje que, de no hallarse en condiciones defectuosas, habría debido encontrarse en la página 751 del volumen de su biblioteca. Por más que intentó disimular, no pudo dejar de decírselo con buenos modales al bibliotecario —Henry Armitage, hombre de gran erudición y licenciado en Miskatonic, doctor por la Universidad de Princeton y por la Universidad de John Hopkins—, que un día había acudido a visitarle a la granja de Dunwich y que ahora, delicadamente, le bombardeaba a preguntas. Wilbur acabó por decirle que buscaba una especie de conjuro o fórmula mágica que contuviese el espantoso nombre de Yog-Sothoth, pero las discrepancias, repeticiones y ambigüedades existentes complicaban la tarea de su descubrimiento, sumiéndole en un mar de dudas. Mientras copiaba la fórmula por la que finalmente se decidió, el Dr. Armitage miró involuntariamente por encima del hombro de Wilbur a las páginas por las que estaba abierto el libro; la que se veía a la izquierda, en la versión latina del *Necronomicón*, contenía toda una cadena de estremecedoras amenazas contra la paz y el bienestar de la tierra:

«Tampoco debe pensarse —rezaba el texto que Armitage fue traduciendo mentalmente— que el ser humano sea el más antiguo o el último de los dueños de la Tierra, ni que semejante combinación de cuerpo y alma se pasea sola por el Universo. Los Antiguos eran, los Antiguos son y los Antiguos serán. No en los espacios que conocemos, sino entre ellos. Se pasean serenos y primordiales en esencia, sin dimensiones e invisibles a nuestra vista. Yog-Sothoth conoce la puerta. Yog-Sothoth es la puerta. Yog-Sothoth es la llave y el guardián de la puerta. Pasado, presente y futuro, todo es uno en Yog-Sothoth. Él sabe por dónde entraron los Antiguos en el pasado y por dónde volverán a hacerlo cuando llegue el momento. Él sabe qué regiones de la tierra pisotearon, dónde siguen hoy haciéndolo y por qué nadie puede verlos en su avance. Los seres humanos perciben a veces su presencia por el olor que despiden, pero no los pueden ver su apariencia, salvo únicamente a través de las facciones de los seres humanos engendrados por Ellos, son de las más diversas especies, difiriendo en aspecto desde la mismísima imagen del ser humano hasta esas figuras invisibles o sin sustancia que son Ellos. Se pasean inadvertidos e infectos por los solitarios lugares donde se pronunciaron las Palabras y se profirieron los Rituales en su debido momento. Sus voces hacen temblar el viento y sus conciencias trepidar la tierra. Doblegan bosques enteros y aplastan ciudades, pero jamás bosque o ciudad alguna ha visto la mano que los aplasta. Kadath[6] los ha conocido en los páramos helados, pero ¿quién conoce a Kadath? En el glacial desierto del Sur y en las sumergidas islas del Océano se elevan piedras en las que se ve grabado su sello, pero ¿quién ha visto la helada ciudad hundida o la torre secularmente cerrada y recubierta de algas y moluscos? El Gran Cthulhu es su primo, pero solo difusamente puede reconocerlos. *¡Iä! ¡Shub-Niggurath!*[7] Por su irresistible olor los conoceréis. Su mano os aprieta las gargantas pero ni aun así los veis, y su morada es una misma con el umbral que guardáis. Yog-Sothoth es la llave que abre la puerta, por donde las esferas

6 El desierto.

7 Exclamación dedicada a una supuesta diosa de la fertilidad del *panteón Cthulhuiano.*

se encuentran. El ser humano rige ahora donde antes regían Ellos, pero pronto regirán Ellos donde ahora rige el ser humano. Tras el verano el invierno, y tras el invierno el verano. Aguardan, pacientes y confiados, pues saben que volverán a reinar sobre la Tierra.»

Al asociar el Dr. Armitage lo que leía con lo que había oído hablar de Dunwich y de sus misteriosas apariciones, y del lúgubre y horrible aspecto y de las circunstancias que poseía y se rodeaba Wilbur Whateley y que iba desde un nacimiento de forma más que extraña hasta una fundada sospecha de matricidio, sintió como si le sacudiera una oleada de terror tan cortante como pudiera serlo cualquier corriente de aire frío y pegajoso que afluyera de una tumba. Parecía como si el gigante de cara de chivo enfrascado en la lectura de aquel libro hubiese sido engendrado en otro planeta o dimensión, como si solo parcialmente fuese humano y procediese de los tenebrosos abismos de una esencia y una entidad que se extendía, cual titánico fantasma, allende las esferas de la fuerza y la materia, del espacio y el tiempo. De pronto, Wilbur levantó la cabeza y se puso a hablar con una voz extraña y resonante que hacía pensar en unos órganos vocales distintos a los del común de los humanos.

—Mr. Armitage —dijo—, me temo que voy a tener que llevarme el libro a casa. Contiene cosas que tengo que experimentar bajo ciertas condiciones que no reúno aquí, y sería un verdadero crimen no dejármelo llevar alegando cualquier absurda norma burocrática. Se lo ruego, señor, déjeme llevármelo a casa y le juro que nadie lo echará en falta. Ni que decirle tengo que lo trataré con el mejor cuidado. Lo necesito para poner mi versión de Dee en la forma en que…

Se interrumpió al ver la resuelta expresión negativa dibujada en la cara del bibliotecario, y al punto sus facciones de chivo adquirieron un aire de astucia. Armitage, cuando estaba ya a punto de decirle que podía sacar copia de cuanto precisara, pensó de repente en las consecuencias que podrían originarse de semejante contravención y se echó atrás. Era una responsabilidad demasiado grande entregar a semejante monstruosa criatura la llave de acceso a tan tenebrosas esferas de lo exterior. Whateley, al ver el cariz que tomaban las cosas, trató de disimular.

—¡Bueno! ¡Qué le vamos a hacer si se pone así! A ver si en Harvard no son tan melindrosos y hay más suerte.

Y sin decir una sola palabra más se levantó y salió de la biblioteca, debiendo agacharse ante cada puerta que pasaba.

Armitage escuchó el tremendo aullido del gran perro que había en la entrada y, a través de la ventana, observó las zancadas de gorila de Whateley mientras cruzaba el pequeño trozo de campus que podía divisarse desde la biblioteca. Le vinieron a la memoria las espantosas historias que habían llegado a sus oídos y recordó lo que se decía en las ediciones dominicales del Advertiser, así como las impresiones que pudo recoger entre los campesinos y vecinos de Dunwich durante su visita a la localidad. Horribles y malolientes seres invisibles que no eran de la Tierra —o, al menos, no de la Tierra tridimensional tangible— corrían por los barrancos de Nueva Inglaterra y acechaban indecentemente desde las montañosas cumbres. Hacía tiempo que estaba seguro de ello, pero ahora creía experimentar la pronta y terrible presencia del horror extraterrestre y vislumbrar un prodigioso avance en los tenebrosos dominios de tan antigua y hasta entonces aletargada, pesadilla. Con un escalofrío y con una honda sensación de repugnancia, encerró el *Necronomicón* en su sitio, pero una atroz e inidentificable pestilencia seguía impregnado todavía toda la sala. «Por su insano olor los conoceréis», citó. Sí, no cabía duda, aquel fétido olor era el mismo que hacía menos de tres años le provocó ascos en la granja de Whateley. Pensó en Wilbur, en sus tétricos rasgos caprinos, y dejó escapar una irónica risotada al recordar los rumores que corrían por el pueblo sobre su paternidad.

—¿Incestuoso vástago? —Armitage murmuró casi en voz audible para sus adentros—. ¡Dios mío, pero serán mentecatos! ¡Dales a leer *El Gran Dios Pan*, de Arthur Machen, y creerán que se trata de un escándalo normal y corriente como los de Dunwich!

Pero ¿qué informe y maldito engendro, salido o no de esta Tierra tridimensional, era el padre de Wilbur Whateley? Nacido el día de la Candelaria, a los nueve meses de la Víspera del uno de mayo de 1912, fecha en que los rumores sobre extraños ruidos en el interior de la tierra llegaron hasta Arkham. ¿Qué ocurría en las montañas aquella noche de mayo? ¿Qué horror engendrado el día de la Invención de la Cruz se había abatido sobre el mundo en forma de carne y hueso semihumanos?

A lo largo de las semanas que siguieron, Armitage estuvo recogiendo toda la información que pudo encontrar sobre Wilbur Whateley y aquellos misteriosos seres que rondaban la comarca de Dunwich.

Se puso en contacto con el doctor Houghton, de Aylesbury, que había asistido al viejo Whateley en su última agonía, y estuvo meditando detenidamente sobre las últimas palabras que pronunció, tal como las recordaba el médico. Una nueva visita a Dunwich apenas reportó nada nuevo. Sin embargo, un detenido examen del *Necronomicón* —en concreto, de las páginas que con tanta ansiedad había buscado Wilbur— pareció aportar nuevas y terribles pistas sobre la naturaleza, métodos y apetitos del extraño y maligno ser cuya amenaza se cernía difusamente sobre este planeta. Las conversaciones sostenidas en Boston con varios eruditos de saberes arcanos y la correspondencia mantenida con muchos otros estudiosos de los más variados lugares, no hicieron sino hacer crecer la perplejidad de Armitage, quien, tras pasar gradualmente por varias fases de alarma, acabó sumido en un auténtico estado de agudísimo temor espiritual. A medida que pasaba el verano creía cada vez más que debía hacerse algo para interrumpir la escalada de terror que asolaba los valles regados por el curso superior del Miskatonic y averiguar quién era el monstruoso ser conocido entre los humanos con el nombre de Wilbur Whateley.

VI

El verdadero horror de Dunwich tuvo lugar entre la fiesta de la Recolección de la cosecha y el equinoccio de 1928, siendo el Dr. Armitage uno de los testigos presenciales de su espantoso prólogo. Había oído hablar del esperpéntico viaje que Whateley había hecho a Cambridge y de sus desesperados intentos por sacar el ejemplar del *Necronomicón* que se conservaba en la biblioteca Widener, de la Universidad de Harvard. Pero todos sus esfuerzos resultaron baldíos, pues Armitage había puesto en estado de alerta a todos los bibliotecarios que tenían a su cargo la custodia de un ejemplar del ancestral volumen. Wilbur se había mostrado asombrosamente nervioso en Cambridge; estaba ansioso por conseguir el libro y no menos por regresar a casa, como si temiera las consecuencias de una larga ausencia.

A primeros de agosto se produjo el cuasi esperado acontecimiento. En la madrugada del tercer día de dicho mes el Dr. Armitage fue despertado bruscamente por los desaforados y feroces ladridos del imponente perro guardián que había a la entrada del campus universitario. Los estridentes y terribles gruñidos alternaban con desgarradores aullidos y ladridos, como si el perro se hubiese vuelto rabioso; los ruidos crecían sin cesar, pero entrecortados, dejando entre sí pausas terroríficamente significativas. Al poco, se oyó un pavoroso grito de una garganta completamente desconocida, un grito que despertó a no menos de la mitad de cuantos dormían a aquellas horas en Arkham y que en lo sucesivo les perseguiría continuamente en sus sueños, un grito que no podía proceder de ningún ser nacido en la tierra o habitante de ella.

Armitage se puso rápidamente algo de ropa por encima y echó a correr por los paseos y jardines hasta llegar a los edificios universitarios, donde comprobó que otros se le habían adelantado. Todavía se oían los retumbantes ecos de la alarma antirrobo de la biblioteca. A la luz de la luna se divisaba una ventana abierta de par en par mostrando las profundas tinieblas que encerraba. Quienquiera que hubiese intentado entrar había logrado su propósito, pues los ladridos y gritos —que pronto acabarían confundiéndose en una sorda profusión de aullidos y gemidos— procedían sin equivocación del interior del edificio. Un sexto sentido le hizo entrever a Armitage que cuanto allí sucedía no era algo que pudieran contemplar ojos pusilánimes y, con gesto autoritario, mandó retroceder a la muchedumbre allí reunida al tiempo que abría la puerta del vestíbulo. Entre los allí congregados vio al profesor Warren Rice y al Dr. Francis Morgan, a quienes tiempo atrás había hecho partícipes de algunas de sus suposiciones y temores, y con la mano les hizo una señal para que le acompañasen al interior. Los sonidos que de allí salían se habían acallado casi por completo, salvo los monótonos gruñidos del perro; pero Armitage tuvo un brusco sobresalto al advertir entre la maleza un ruidoso coro de chotacabras que había comenzado a entonar sus endiabladamente rítmicos chirridos, como si marchasen al unísono con los últimos estertores de un moribundo.

En el edificio entero reinaba una insoportable pestilencia que le resultaba harto familiar a Armitage, quien, en compañía de los dos profesores, se lanzó corriendo a través del vestíbulo hasta llegar a la salita de lectura de temas genealógicos de donde provenían los sordos gemidos. Por espacio de unos segundos, nadie se atrevió a encender la luz, hasta que Armitage, armándose de valor, giró el interruptor. Uno de los tres hombres —cuál, no se sabe— profirió un estridente alarido ante lo que se veía tendido en el suelo entre una barahúnda de mesas y sillas volcadas. El profesor Rice afirma que durante unos instantes perdió el conocimiento, si bien sus piernas no flaquearon ni llegó a caer de bruces en el suelo.

Allí, encima de un fétido charco de líquido purulento entre amarillento y verdoso y de una viscosidad bituminosa, yacía medio recostado un ser de casi tres metros de estatura, al que el perro había desgarrado toda la ropa y algunos trozos de la piel. Todavía no había muerto. Se retorcía en medio de silenciosos espasmos, al tiempo que su pecho jadeaba al abominable compás de los estridentes chirridos de las chotacabras que, expectantes, oteaban desde fuera de la sala. Esparcidos por toda la estancia podían distinguirse trozos de piel de zapato y jirones de ropa, y junto a la ventana se veía una mochila de lona vacía que debió lanzar allí aquel gigantesco ser. Junto al pupitre central había un revólver en el suelo, con un cartucho percutido pero sin pólvora que posteriormente serviría para explicar por qué no había sido disparado. Sin embargo, aquel ser que yacía en el suelo eclipsó un momento cualquier otra imagen que pudiera haber en la sala. Sería tópico y no del todo cierto decir que ninguna pluma humana podría describirlo, pero ya sería menos erróneo decir que no podría visualizarse gráficamente por nadie cuyas ideas acerca de la fisonomía y el perfil en general estuviesen demasiado apegadas a las formas de vida existentes en nuestro planeta y a las tres dimensiones conocidas. Era cierto que en parte se trataba de una criatura humana, con manos y cabeza de hombre, en tanto su rostro caprino y sin mentón llevaba el inconfundible sello de los Whateley. Pero el torso y las extremidades inferiores tenían una forma teratológicamente monstruosa. Solo gracias a una holgada indumentaria pudo aquel ser andar sobre la tierra sin ser perseguido o expulsado de su superficie.

Por encima de la cintura era un ser cuasi antropomórfico, aunque el pecho, sobre el que todavía se encontraban puestas las desgarradoras patas del perro, tenía el correoso y reticulado pellejo de un cocodrilo o un caimán. La espalda tenía un color moteado, entre amarillo y negro, y recordaba ligeramente la escamosa piel de ciertas especies de ofidios. Pero, con diferencia, lo más monstruoso de todo el cuerpo era la parte inferior. A partir de la cintura desaparecía toda semejanza con el cuerpo humano y comenzaba la más demencial fantasía que pueda imaginarse. La piel estaba recubierta de un frondoso y áspero pelaje negro, y del abdomen sobresalían un montón de largos tentáculos, entre grises y verdosos, que terminaban fláccidamente en unas ventosas rojas que hacían las veces de boca. Su disposición era de lo más extraño y parecía seguir las simetrías de alguna geometría cósmica desconocida en la tierra e incluso en el sistema solar. En cada cadera, hundido en una especie de rosácea y ciliada órbita, se alojaba lo que parecía ser un primitivo ojo, mientras que en el lugar donde suele estar el rabo le colgaba algo que tenía todo el aspecto de una trompa o tentáculo, con marcas anulares violetas, y múltiples muestras de tratarse de una incipiente boca o garganta. Las piernas, salvo por el pelaje negro que las cubría, guardaban cierta semejanza con las extremidades de los gigantescos saurios que poblaban la tierra en las Eras geológicas, y terminaban en unas carnosidades surcadas de venas que ni eran pezuñas ni garras. Cuando respiraba, el rabo y los tentáculos cambiaban rítmicamente de color, como si obedecieran a alguna causa circulatoria característica de su verdoso tinte no humano, mientras que el rabo tenía un color amarillento que alternaba con otro blanco grisáceo, de asqueroso aspecto, en los espacios que quedaban entre los anillos de color violeta. De sangre no había ni huella, solo el pestilente y purulento líquido verdoso amarillento que corría por el suelo más allá del pringoso círculo, dejando como rastro una curiosa y descolorida mancha.

La presencia de los tres hombres debió despertar al moribundo ser allí postrado, que se puso a balbucir sin siquiera volver ni levantar la cabeza. Armitage no recogió por escrito los sonidos que profería, pero afirma con seguridad que no pronunció ni uno solo en inglés. Al principio las sílabas desafiaban toda posible comparación con ningún lenguaje conocido de la tierra, pero ya hacia el final articuló unos inconexos fragmentos que, sin duda, procedían del *Necronomicón*, el abominable libro cuya búsqueda iba a costarle la muerte. Los fragmentos, tal como los recuerda Armitage, rezaban así poco más o menos: «N'gai, n'gha' ghaa, bugg-shoggog, y'hah; Yog-Sothoth, Yog-Sothoth…», desvaneciéndose su voz en el aire mientras las chotacabras chirriaban en rítmico aumento de malsana expectación.

Después, se interrumpieron los jadeos y el perro alzó la cabeza, emitiendo un prolongado y tétrico aullido. Un cambio se produjo en la faz amarillenta y caprina de aquel ser postrado en el suelo al tiempo que sus grandes ojos negros se hundían pasmosamente en sus cuencas. Al otro lado de la ventana, cesó de repente el griterío que armaban los chotacabras, y por encima de los murmullos de la muchedumbre allí congregada se alzó un frenético zumbido y revoloteo. Recortadas contra el trasfondo de la luna podían verse grandes nubes de alados vigías expectantes que alzaban el vuelo y huían de la vista, espantados solo de ver la presa sobre la que se disponían a arrojarse.

Súbitamente, el perro dio un brusco gruñido, lanzó un terrorífico ladrido y se arrojó sin dilación por la ventana por la que había entrado. Un alarido salió de la perpleja multitud, mientras Armitage vociferaba a los hombres que aguardaban afuera que en tanto llegase la policía o el forense no se les permitía la entrada en la sala. Por suerte, las ventanas eran lo bastante altas como para que nadie pudiera asomarse y para mayor seguridad, corrió las oscuras cortinas con sumo cuidado. Entre tanto, llegaron dos policías, y el Dr. Morgan, que salió a su encuentro al vestíbulo, les instó a que, por su propio bien, aguardasen a entrar en la apestosa sala de lecturas hasta que llegara el forense y pudiera cubrirse el cuerpo yacente de aquel ser tan estrambótico.

Mientras esto sucedía, unos cambios extraordinariamente espantosos tenían lugar en aquella gigantesca criatura. No es necesario describir la clase y proporción de encogimiento y desintegración que se desarrollaba ante los ojos de Armitage y Rice, pero puede decirse que, aparte de la apariencia externa de cara y manos, el elemento auténticamente humano de Wilbur Whateley era mínimo. Cuando llegó el forense, solo quedaba una masa blancuzca y viscosa sobre el entarimado suelo, en tanto que el pestilente olor casi había desaparecido totalmente. Por lo visto, Whateley no tenía cráneo ni esqueleto óseo, al menos tal como los entendemos. En algo tenía que parecerse a su misterioso progenitor.

VII

Pero esto no fue sino tan solo el prólogo del auténtico horror de Dunwich. Las autoridades oficiales, desconcertadas, llevaron a cabo todas las formalidades debidas, silenciando juiciosamente los detalles más alarmantes para que no llegasen a oídos de la prensa y el público en general.

Mientras, unos funcionarios se personaron en Dunwich y Aylesbury con el fin de levantar acta de las posesiones del difunto Wilbur Whateley y notificar, por ello, a quienes pudieran figurar como sus legítimos herederos. A su llegada, encontraron a la gente de la comarca presa de una gran agitación, tanto por el fragor creciente que se oía en las abovedadas montañas como por el nauseabundo olor y sonidos —semejantes a un oleaje o chapoteo— que salían cada vez con mayor intensidad de aquella especie de gran estructura vacía que era la granja herméticamente entablada de los Whateley. Earl Sawyer, que cuidaba del caballo y del ganado desde el fallecimiento de Wilbur, había sufrido una aguda crisis de nervios. Los funcionarios encontraron pronto una disculpa para que nadie entrase en el apestoso y cerrado edificio, limitándose a realizar una rápida inspección a los aposentos que habitaba el difunto, es decir, a los cobertizos que Wilbur había acondicionado últimamente. Redactaron un prolijo informe que elevaron al juzgado de Aylesbury y, según parece, los pleitos sobre el destino de la herencia siguen todavía sin resolverse entre los innumerables Whateley, tanto de la rama degenerada como de la sin degenerar, que viven en el valle regado por el curso superior del Miskatonic.

Un casi interminable manuscrito redactado en caracteres desconocidos en un gran libro mayor, y que era como una especie de diario por las separaciones existentes y las variaciones de tinta y caligrafía, dejó por completo perplejos a quienes lo descubrieron en el viejo escritorio que hacía las veces de mesa de trabajo de Wilbur. Después de una semana de debates se decidió enviarlo a la Universidad de Miskatonic, junto con la colección de libros sobre saberes arcanos del difunto, para su estudio y eventual traducción. Pero pronto hasta los mejores lingüistas se dieron cuenta que no iba a ser tarea fácil descifrarlo. No se encontró, en cambio, la menor huella del antiguo oro con el que Wilbur y el viejo Whateley solían pagar a sus acreedores.

El horror se desató durante la noche del 9 de septiembre. Los ruidos de la montaña habían sido muy fuertes aquella tarde y los perros ladraron con extraordinario estrépito a lo largo de toda la noche. Quienes madrugaron el día 10 advirtieron un peculiar hedor en la atmósfera. Hacia las siete de la mañana Luther Brown, el mozo de la granja de George Corey, situada entre el barranco de Cold Spring y el pueblo, bajó a toda velocidad, presa de una gran agitación, del pastizal de diez acres a donde había llevado a pacer las vacas. Estaba aterrado de espanto cuando entró a trompicones en la cocina de la granja, mientras las no menos despavoridas vacas se ponían a patalear y mugir en tono lastimero en el corral, tras seguir al chico todo el camino de vuelta tan aterrorizadas como él. Sin dejar de jadear, Luther trató de explicar lo que había visto a la señora Corey.

—Arriba, en el camino que hay por encima del barranco, Mrs. Corey… ¡algo pasa allí! Es como si hubiese caído un rayo. Todos los matorrales y arbolillos del camino han sido segados como si toda una casa les hubiera pasado por encima. Y eso no es lo peor, ¡qué va! Hay huellas en el camino, señora. Corey… enormes huellas circulares tan grandes como la tapa de un tonel, y muy profundas en la tierra, como si hubiese pasado un elefante por allí, ¡solo que las huellas tendrán más de un metro! Miré de cerca una o dos antes de salir corriendo y pude descubrir que todas estaban cubiertas por unas líneas que salían del mismo lugar, en abanico, como si fuesen enormes hojas de palmera —solo que dos o tres veces más grandes— incrustadas en el camino. Y el olor era insoportable, igual que el que se respiraba cerca de la vieja casa de Whateley...

Al llegar aquí el muchacho vaciló y parecía como si el miedo que le había hecho llegar corriendo todo el camino se apoderase de él otra vez. La señora Corey, viendo que no podía sonsacarle más detalles, se puso a telefonear a los vecinos, con lo que empezó a extenderse el pánico, como prólogo de nuevos y mayores horrores, por toda la comarca. Cuando llamó a Sally Sawyer —ama de llaves en la granja de Seth Bishop, la finca más cercana a la de los Whateley—, le tocó escuchar en lugar de hablar, pues el hijo de Sally, Chauncey, que no podía dormir, había subido por la ladera en dirección a la casa de los Whateley y bajó corriendo a toda velocidad aterrado de espanto, tras echar una mirada a la granja y al pastizal donde habían pasado la noche las vacas de los Bishop.

—Sí, señora Corey —dijo Sally con voz temblorosa desde el otro lado del hilo telefónico—. Chauncey acaba de regresar despavorido, y casi no podía ni hablar del miedo que traía. Dice que la casa entera del viejo Whateley ha volado por los aires y que hay un montón de restos de madera desperdigados por el suelo, como si hubiese estallado una carga de dinamita en su interior. Apenas se ha salvado otra cosa que el suelo de la planta baja, pero está totalmente cubierto por una especie de sustancia viscosa que huele espantosamente y corre por el suelo hasta donde están los trozos de madera desparramados. Y en el corral hay unas horribles huellas, unas enormes huellas de forma circular, más grandes que la tapa de un tonel, y todo está lleno de esa sustancia asquerosa que se ve en la casa destruida. Chauncey dice que el reguero llega hasta el pastizal, donde hay una franja de tierra mucho más grande que un establo totalmente aplastada y que por todos los sitios se ven vallas de piedra abatidas en el suelo.

»Chauncey dice, señora. Corey, que se quedó casi sin habla contemplando las vacas de Seth. Las encontró en los pastizales altos, muy cerca de Devil's Hop Yard, pero daba lástima verlas. La mitad estaban muertas y a casi el resto de las que quedaban les habían chupado la sangre, y presentaban unas llagas igualitas que las que le salieron al ganado de Whateley a partir del día en que nació el rapaz negro de Lavinia. Seth ha salido a ver cómo están las vacas, aunque dudo mucho que se acerque a la granja del brujo Whateley. Chauncey no se paró a mirar qué dirección seguía el gran sendero aplastado una vez pasado el pastizal, pero cree que se dirigía hacia el camino del barranco que lleva al pueblo.

»Créame lo que le digo, señora Corey, hay algo suelto por ahí que no me sugiere nada reconfortante, y pienso que ese negro de Wilbur Whateley —que tuvo el terrible fin que merecía— está detrás de todo esto. No era un ser totalmente humano, y conste que no es la primera vez que lo afirmo. El viejo Whateley debía estar criando algo todavía menos humano que él en esa casa toda tapiada con clavos. Siempre ha habido seres invisibles merodeando alrededor de Dunwich, seres invisibles que no tienen nada de humano ni auguran nada agradable.

»La tierra estuvo hablando anoche, y hacia el amanecer Chauncey oyó a las chotacabras armar tal escándalo en el barranco de Cold Spring que no le dejaron dormir ni un minuto. Después le pareció oír otro ruido débil hacia donde está la granja del brujo Whateley, semejante a una rotura o crujido de madera, como si alguien abriese a lo lejos una gran caja o embalaje de madera. Entre unas cosas y otras no logró dormir lo más mínimo hasta bien entrado el día, y no mucho antes se levantó esta mañana. Hoy se propone volver a la finca de los Whateley a ver qué ocurre por allí. Pero ya ha visto más de la cuenta, se lo digo yo, señora. Corey. No sé qué pasará, aunque no presagia nada bueno. Los hombres deberían organizarse e intentar hacer algo. Todo esto es ciertamente espantoso, y creo que se acerca mi turno. Solo Dios sabe qué va a suceder.

»¿Le ha dicho algo Luther de la dirección que seguían las enormes huellas? ¿No? Pues bien, señora. Corey, si estaban en este lado del camino del barranco y todavía no se han dejado ver por su casa, supongo que deben haber bajado al fondo del barranco, ¿dónde si no podrían estar? Siempre he afirmado que el barranco de Cold Spring no es un lugar saludable y no me inspira la menor confianza. Las chotacabras y las luciérnagas que hay en sus entrañas no parecen criaturas de Dios, y hay quienes cuentan que pueden oírse extraños ruidos y murmullos allá abajo si uno se pone a escuchar en el lugar adecuado, entre la cascada y la Guarida del Oso.»

Alrededor del mediodía, las tres cuartas partes de los hombres y jóvenes de Dunwich salieron a dar una batida por los caminos y prados que había entre las recientes ruinas de lo que fuera la finca de los Whateley y el barranco de Cold Spring, descubriendo horrorizados con sus propios ojos las gigantescas y monstruosas huellas, las agonizantes vacas de Bishop, toda la misteriosa y pestilente desolación que reinaba sobre el lugar y la vegetación aplastada y triturada por los campos y a orillas de la carretera. Fuese cual fuese el mal que se había cernido sobre la comarca era evidente que se encontraba en el fondo de aquel enorme y tenebroso barranco, pues todos los árboles de las laderas se veían doblados o tronchados, y una gran avenida se había abierto por entre la maleza que crecía en el precipicio. Daba la impresión de que un alud hubiese arrastrado toda una casa entera, precipitándola por la intrincada floresta de la vertiente casi cortada a pico. Ningún ruido llegaba del fondo del barranco, únicamente se percibía un lejano e inconcreto hedor. No tiene nada de extraño, pues, que los hombres prefieran quedarse al borde del precipicio y ponerse a discutir, en lugar de bajar y meterse de lleno en el cubil de aquel desconocido espanto monumental. Tres perros que acompañaban al grupo se pusieron a ladrar furiosamente en un primer momento, pero una vez al borde del barranco cesaron de ladrar y parecían asustados y nerviosos. Alguien llamó por teléfono al *Aylesbury Chronicle* para comunicar la noticia, pero el director, acostumbrado a oír las más peregrinas historias procedentes de Dunwich, se limitó a redactar un artículo humorístico sobre el tema, artículo que posteriormente sería reproducido por la *Associated Press*.

Aquella noche todos los vecinos de Dunwich y su comarca se recogieron en casa, y no hubo granja o establo en que no se atrancara la puerta lo más sólidamente posible. No es necesario advertir que ni una sola cabeza de ganado pasó la noche en los pastizales. Hacia las dos de la mañana un sofocante hedor y los furiosos ladridos de los perros despertaron a la familia de Elmer Frye, cuya granja se encontraba situada al extremo este del barranco de Cold Spring, y todos coincidieron en decir haber oído afuera una especie de chapoteo o golpe seco. La señora Frye propuso telefonear enseguida a los vecinos, pero cuando su marido estaba a punto de decirle que lo hiciese se percibió un crujido de madera que vino a interrumpir sus deliberaciones. Al parecer, el ruido procedía del establo, y fue seguido por escalofriantes mugidos y pataleos de las vacas. Los perros se pusieron a echar espumarajos por la boca y se refugiaron a los pies de los miembros de la familia Frye, despavoridos de terror. El dueño de la casa, movido por la fuerza de la costumbre, encendió un farol, pero tenía asumido que salir fuera al oscuro corral significaba la muerte. Los niños y las mujeres lloriqueaban, pero procuraban no hacer ruido obedeciendo a algún oscuro y atávico sentido de conservación que les decía que sus vidas dependían de que guardasen absoluto silencio. Finalmente, el ruido del ganado remitió hasta no pasar de lastimeros mugidos, seguido de una serie de chasquidos, crujidos y fragores impresionantes. Los Frye, apiñados en el salón, no se atrevieron a dar un paso para nada hasta que no se desvanecieron los últimos ecos ya muy en el interior del barranco de Cold Spring. Después, entre los débiles mugidos que seguían saliendo del establo y los endiablados chirridos de las últimas chotacabras todavía despiertas en el fondo del barranco, Selina Frye se aproximó, vacilante, al teléfono y difundió a los cuatro vientos cuanto había experimentado sobre la segunda fase del horror.

Al día siguiente, la comarca entera era presa de un pánico atroz, y podía verse un continuo trasiego de atemorizados y silenciosos grupos de gente que se acercaban al lugar donde había tenido lugar el horripilante acontecimiento nocturno. Dos gigantescas franjas de destrucción se extendían desde el barranco hasta la granja de Frye, en tanto unas monstruosas huellas cubrían la tierra privada de toda vegetación y una fachada del viejo establo pintado de rojo se había derrumbado. De los animales, solo se consiguió encontrar e identificar a la cuarta parte. Algunas de las vacas se hallaban pulverizadas en pequeños fragmentos y a las que sobrevivieron no hubo más remedio que sacrificarlas. Earl Sawyer propuso ir en busca de ayuda a Arkham o Aylesbury, pero muchos desestimaron su propuesta por estimarla inútil. El anciano Zebulón Whateley, de una rama de la familia a caballo entre el sano juicio y la degradación, aventuró, de forma harto increíble, que lo mejor sería celebrar rituales en las cumbres montañosas. De siempre se habían observado minuciosamente en su familia las tradiciones y sus recuerdos de cantos en los grandes círculos de piedra no tenían ningún parecido con lo que pudieran haber hecho Wilbur y su abuelo.

La noche se hizo sobre la desgraciada comarca de Dunwich, demasiado pasiva para conseguir poner en marcha una eficaz defensa contra la amenaza que se abatía sobre ella. En algunos casos, las familias con estrechos vínculos se cobijaron bajo un mismo techo para estar ojo avizor en medio de la cerrada oscuridad nocturna, pero, por lo general, volvieron a repetirse las escenas de levantamiento de barricadas de la noche precedente y los vanos e ineficaces gestos de cargar los herrumbrosos mosquetes y colocar las horcas al alcance de la mano. Sin embargo, aquella noche no sucedió nada nuevo salvo algún que otro ruido intermitente en la montaña, y al despuntar el día muchos confiaban que el nuevo horror hubiese desaparecido con igual rapidez con que se presentó. Incluso había algunos espíritus osados que proponían lanzar una expedición de castigo al fondo del barranco, si bien no se aventuraron a predicar con el ejemplo a una mayoría que, en principio, no parecía entusiasmada a seguirles.

Al llegar de nuevo la noche volvieron a repetirse las escenas de las barricadas, aunque esta vez fueron menos las familias que se reunieron bajo un mismo techo. A la mañana siguiente, tanto en la granja de Frye como en la de Bishop pudo observarse cierta agitación entre los perros e indefinidos sonidos y pestilentes olores en la lejanía, mientras que los expedicionarios más madrugadores se horrorizaron al descubrir otra vez, y recientes, las monstruosas huellas en el camino que bordeaba Sentinel Hill. Al igual que en ocasiones anteriores, las orillas del camino estaban chafadas, prueba de que por allí había pasado el imponente y monstruoso horror infernal que abatía la comarca. Esta vez la conformación de las huellas parecía sugerir que había marchado en ambas direcciones, como si una montaña movediza hubiese salido del barranco de Cold Spring para regresar después por la misma senda. Al pie de la montaña podía verse por lo más abrupto una franja de unos nueve metros de anchura, de matorrales y arbolillos aplastados, y quienes veían aquello no salían de su asombro al comprobar que ni tan solo las más empinadas pendientes hacían torcer la trayectoria del despiadado sendero. Fuese lo que fuese, aquel horror podía escalar paredes de roca desnuda y cortadas a pico. Como los expedicionarios optasen por subir a la cima por una ruta más segura, se encontraron con que una vez arriba desaparecían las huellas... o, mejor dicho, daban la vuelta.

Era precisamente allí, en la cumbre de Sentinel Hill, donde los Whateley solían celebrar sus diabólicas hogueras y entonar sus no menos infernales rituales ante la piedra con forma de mesa en las fechas de la Víspera de Mayo y de Todos los Santos. Ahora, la piedra constituía el centro de una amplia extensión de terreno arrasado por el horror de la montaña, mientras que encima de su superficie ligeramente cóncava podía observarse una masa espesa y fétida de la misma sustancia bituminosa que había en el suelo de la derruida granja de los Whateley cuando el horror se alejó de allí. Los hombres se miraron unos a otros y se susurraron algo al oído. Después, dirigieron la mirada hacia abajo. Al parecer, el horror había descendido prácticamente por el mismo sendero por el que había ascendido. Toda especulación estaba fuera de lugar. La razón, la lógica y las ideas normales que pudieran ocurrírseles se hallaban sumidas en la más completa confusión. Solo el anciano Zebulón, que no iba acompañando al grupo, habría sabido apreciar en su justo término la situación o encontrar una posible explicación a todo ello.

La noche del jueves comenzó igual que casi todas las anteriores, pero finalizó bastante peor. Las chotacabras del barranco no pararon de chirriar ni un instante armando tal ruido que fueron muchos los vecinos de Dunwich que no consiguieron dormir, y a eso de las tres de la madrugada todos los teléfonos de la localidad se pusieron a sonar repetidamente. Quienes descolgaron el auricular oyeron a una aterrada voz proferir en tono desgarrador «¡Socorro! ¡Dios mío!...», y algunos creyeron escuchar un espantoso ruido, tras lo cual la voz se cortó. No se escuchó ni un sonido más. Pero nadie se atrevió a salir y hasta la mañana siguiente no se supo de dónde procedía la llamada. Todos cuantos la escucharon se llamaron por teléfono entre sí, descubriendo que únicamente no contestaban en casa de los Frye. La verdad salió a la luz al cabo de una hora cuando, tras juntarse a toda prisa, un grupo de hombres armados se dirigió a la finca de los Frye que estaba en la boca misma del barranco. Lo que allí se veía era espantoso, pero en modo alguno constituía una sorpresa. Se veían nuevas franjas aplastadas y monstruosas huellas. La casa de los Frye se había hundido como si del cascarón de un huevo se tratase, y entre las ruinas no pudo advertirse ningún resto vivo o muerto. Solo un asfixiante hedor y una viscosidad bituminosa. La familia Frye había sido totalmente borrada de la faz de Dunwich.

VIII

Entre tanto, en Arkham, tras la puerta cerrada de una estancia con las paredes llenas de estanterías, tenía lugar otra fase del horror, algo más apacible pero no menos estimulante desde una perspectiva espiritual. El extraño manuscrito o diario de Wilbur Whateley, entregado a la Universidad de Miskatonic para su oportuna traducción, había sido objeto de muchos quebraderos de cabeza y no pocas muestras de desconcierto entre los especialistas en lenguas antiguas y modernas del claustro. Su mismo alfabeto, a pesar de la semejanza que a primera vista guardaba con la variante del árabe hablado en Mesopotamia, resultaba totalmente desconocido a las autoridades en la materia. La última conclusión de los lingüistas fue que el texto ofrecía un alfabeto artificial, debiendo tratarse de criptogramas, aunque ninguno de los métodos criptográficos en uso pudo aportar la más mínima pista para su desciframiento, aunque se emplearan las lenguas que se suponía conocía el autor de aquellas páginas. En cuanto a los antiguos libros descubiertos en el domicilio de los Whateley, si bien presentaban un gran interés y en varios casos prometían abrir nuevas y tenebrosas sendas de investigación entre los filósofos y hombres de ciencia, no contribuyeron para nada a resolver el enigma. Uno de ellos, un pesado volumen con un cierre metálico, estaba escrito en otro alfabeto también desconocido, si bien sus caracteres eran muy diferentes y guardaba cierta semejanza con el sánscrito. Finalmente, el viejo libro mayor cayó en manos del Dr. Armitage, y ello tanto en atención al especial interés que había demostrado en el caso Whateley como por sus profundos conocimientos lingüísticos y experiencia en las fórmulas místicas de la antigüedad y del medioevo.

Armitage sabía que el alfabeto se empleaba con fines esotéricos por ciertos ancestrales cultos procedentes de épocas pasadas y que habían adoptado numerosos rituales y tradiciones de los zahoríes del mundo sarraceno. Sin embargo, aquello no pasaba de tener una importancia secundaria, pues no era necesario conocer el origen de los símbolos si, como sospechaba, eran utilizados como criptogramas dentro de una lengua moderna. Estaba persuadido de que, debido a la voluminosa cantidad de texto que contenía, el autor difícilmente se habría tomado la molestia de utilizar otra lengua que la suya, salvo quizá cuando deseaba expresar ciertas fórmulas mágicas o conjuros determinados. En consecuencia, se dispuso a atacar el manuscrito partiendo de la hipótesis de que el grueso del mismo se encontraba en inglés.

Armitage sabía muy bien, tras los repetidos fracasos de sus colegas, que el enigma que celosamente guardaba aquel texto resultaría difícil de descifrar y sería ardua tarea, por lo que había que dejar a un lado cualquier intento de aplicar métodos sencillos de investigación. Los últimos diez días de agosto los dedicó a recopilar todos los tratados de criptografía que pudo encontrar, valiéndose de la abundante bibliografía con que contaba la biblioteca y descifrando noche tras noche los saberes arcanos que se ocultaban en textos como la *Poligraphia* de Tritomio, el *De furtivis literarum notis* de Giambattista Porta, el *Traité des chiffres* de De Vigenere, el *Cryptomenysis patefacta* de Falconer, los tratados del siglo XVIII de Davys y Thicknesse y otros de autoridades en la materia tan recientes como Blair, Von Marten, amén de los escritos de Klüber[8]. Con el tiempo acabó por convencerse de que se enfrentaba a uno de esos criptogramas especialmente sutiles e ingeniosos en los que muchas listas de letras separadas y que se corresponden entre sí se ofrecen como si se tratara de una tabla de multiplicar, construyéndose el mensaje a partir de palabras clave arbitrarias solo conocidas por los iniciados. Las autoridades de mayor antigüedad parecían ser de mayor ayuda que las de épocas más modernas, de lo que Armitage dedujo que el código del manuscrito debía tener una gran antigüedad, transmitido sin duda a través de toda una larga cadena de ensayistas místicos. Varias veces pareció estar a punto de ver la luz esclarecedora, pero, súbitamente, algún obstáculo ocasional le hacía retroceder en la marcha de la investigación. Hasta que, prácticamente ya encima septiembre, las nubes empezaron a disiparse. Ciertas letras, tal como es-

8 Todas estas obras y autores son auténticos y están recogidos en el artículo sobre *Criptografía* de la *Enciclopedia Británica*.

taban utilizadas en determinados pasajes del manuscrito, fueron identificadas definitiva e inequívocamente, poniéndose de relieve que el texto se hallaba escrito en inglés.

En la tarde del 2 de septiembre cayó, por fin, la última barrera importante que se interponía a la comprensión del texto, y Armitage vio coronados sus esfuerzos al leer por vez primera un pasaje entero de los anales de Wilbur Whateley. En realidad se trataba de un diario, como su disposición hacía suponer, y estaba redactado en un estilo que mostraba claramente una simbiosis de profunda erudición en el campo de las ciencias herméticas y de incultura general por parte del misterioso autor.

Ya el primer pasaje largo que logró descifrar Armitage —una anotación fechada el 26 de noviembre de 1916— resultó sorprendente e intranquilizador. Recordó que el autor de aquellas líneas era un niño de tres años y medio por entonces, si bien aparentaba ser un adolescente de doce o trece.

Hoy aprendí el Aklo[9] para el Sabaoth[10], pero no me gustó pues podía contestarse desde la montaña y no desde el aire. Lo del piso de arriba me aventaja más de lo que pensaba y no parece que posea mucho cerebro terrestre. Al ir a morderme maté de un tiro a Jack, el perro pastor de Elam Hutchins, y Elam dijo que si llegaba a morderme me mataría. Confío en que no lo haga. Anoche el abuelo me hizo pronunciar la fórmula mágica Dho[11] y me pareció ver la ciudad secreta en los dos polos magnéticos. Una vez arrasada la tierra iré a esos polos, si es que no logro descu-

9 Mítico lenguaje secreto.

10 Día del *aquelarre* de las brujas.

11 La repetición de esta palabra proporciona al adivino una vista del lugar deseado.

brir la fórmula Dho-Hna cuando me la aprenda. Los del aire me dijeron en el Sabat[12] que la tarea de arrasar la tierra me llevará muchos años; para entonces supongo que ya habrá muerto el abuelo, así que voy a tener que aprender la posición de todos los ángulos de las superficies planas y todas las fórmulas mágicas que hay entre Yr y Nhhngr[13]. Los del exterior me ayudarán, pero para cobrar forma corpórea requieren sangre humana. Parece que lo de arriba tendrá buen aspecto. Puedo atisbarlo cuando hago la señal Voorish[14] o soplo los polvos mágicos de Ibu Ghazi, y se parece mucho a ellos el día de la Víspera de Mayo en la Montaña. La otra cara la encuentro algo borrosa. Me pregunto qué aspecto tendré cuando la tierra haya sido arrasada y no quede ni un solo ser sobre ella. El que vino con el Aklo Sabaoth dijo que podría transfigurarme para parecer menos del exterior y seguir actuando.

El amanecer sorprendió al Dr. Armitage sudoroso y despavorido de terror, totalmente enfrascado en su lectura. No había levantado los ojos del manuscrito en toda la noche. Sentado en su escritorio, a la luz de una lámpara eléctrica, fue pasando página tras página con temblorosa mano a me-

12 Asimilado a *Sabbat* o *Sabaoth*. En su origen se trata del día santo de los hebreos (el sábado), pero debido al antisemitismo reinante se asimiló al *aquelarre* de las brujas. El autor lo utiliza como día reservado a un ritual religioso. El *Aklo para el Sabaoth* es una fórmula destinada a invocar seres extradimensionales que solo es efectiva en noches despejadas cuando la luna está en fase creciente y exclusivamente para aquellos espíritus a los cuales *se puede responder desde las montañas*. La repetición de la fórmula *Dho* proporciona al adivino una vista del lugar deseado y con la palabra *Hna* le da el poder de viajar a ese lugar.

13 Fórmulas utilizadas para traer a esta dimensión seres del más allá, de *Kadat* y devolverlos a su lugar de origen.

14 Señal obscena realizada con la mano izquierda y los dedos índice y meñique.

dida que descifraba el críptico texto. En medio de tal estado de agitación había telefoneado a su mujer para indicarle que no iría a dormir aquella noche, y cuando a la mañana siguiente le llevó el desayuno a la biblioteca apenas probó bocado. No paró de leer ni un momento durante todo el día, deteniéndose con gran desesperación una que otra vez siempre que se hacía preciso volver a aplicar la difícil clave para desentrañar el texto. Le llevaron la comida y la cena a su despacho, pero apenas tomó un pellizco. Al día siguiente, ya bien entrada la noche, se quedó amodorrado sobre la silla, pero no tardaría en despertarse tras asaltarle unas pesadillas casi tan espantosas como la amenaza que planeaba sobre la humanidad entera y que acababa de descubrir.

La mañana del 4 de septiembre el profesor Rice y el Dr. Morgan insistieron en ver a Armitage siquiera un instante, saliendo de la entrevista temblorosos y con el semblante cerúleo. Al anochecer Armitage se fue a la cama, pero solo de vez en cuando pudo conciliar el sueño. Al día siguiente, miércoles, volvió a tener atención en la lectura del manuscrito y tomó infinidad de notas, tanto de los pasajes que iba leyendo como de los ya descifrados. En la madrugada se quedó dormido unos momentos en un sillón del despacho, pero antes de que amaneciese ya estaba otra vez con la vista sobre el manuscrito. Todavía no habían dado las doce cuando su médico, el doctor Hartwell, fue a verle e insistió, por su propio bien, en la necesidad de que dejase de trabajar. Pero Armitage se negó a seguir los consejos del médico, alegando que para él era de vital importancia acabar de leer el diario, al tiempo que le prometía una explicación más detallada en su momento oportuno. Aquella tarde, justo en el momento en que empezaba a oscurecer, acabó su alucinante y agotadora transcripción y se dejó caer sobre la silla totalmente agotado. Su mujer, que acudió a llevarle la cena, le encontró postrado en un estado casi comatoso, pero Armitage todavía conservaba la conciencia suficiente como para lanzar un extraordinario chillido, que la hizo retroceder, al descubrir que sus ojos se posaban en las notas que había tomado. Levantándose como pudo de la silla, recogió las hojas garrapateadas que había sobre la mesa y las metió en un gran sobre que guardó en el bolsillo interior del abrigo. Todavía le quedaban fuerzas para volver a casa andando, pero estaba tan claro que precisaba de auxilios médicos que hubo que llamar urgentemente al doctor Hartwell. Al irse a la cama, siguiendo las indicaciones del médico, no cesaba de repetir una y otra vez «Pero ¿qué hacer, Dios mío?, ¿qué hacer?»

Armitage durmió toda aquella noche, pero al día siguiente estuvo delirando a ratos. No dio ninguna explicación al doctor Hartwell, pero en sus momentos de lucidez hablaba de la ineludible necesidad de mantener una larga reunión con Rice y Morgan. No había quien entendiera su delirio, en el que hacía desesperados llamamientos para que se destruyera algo que decía se encontraba en una casa herméticamente cerrada con tablones, al tiempo que hacía increíbles alusiones a un plan para eliminar de la faz de la tierra a toda la especie humana, y a toda la vida vegetal y animal, que se proponía llevar a cabo una terrible y antiquísima raza de seres procedentes de otras dimensiones siderales. En sus gritos afirmaba cosas como que el mundo estaba en peligro, pues los Seres Primigenios se habían propuesto destruirlo y barrerlo del sistema solar y del cosmos de la materia para sumirlo en otro nivel, o fase incorpórea, del que había surgido hacía billones y billones de milenios. En otros momentos pedía que le trajera el temible *Necronomicón* y el *Daemonolatreia* de Remigio, volúmenes ambos en los que estaba persuadido de encontrar la fórmula adecuada con la que conjurar tan terrible peligro.

—¡Hay que detenerlos, hay que detenerlos como sea! —se ponía a gritar desesperadamente—. Los Whateley se proponen abrirles el camino, y lo peor de todo todavía está por llegar. Digan a Rice y Morgan que hay que hacer algo. Es una operación que entraña un gran peligro, pero yo sé cómo fabricar los polvos... No ha recibido ningún alimento desde el 2 de agosto, el día en que Wilbur vino a morir aquí, y a estas alturas...

Pero Armitage, pese a sus setenta y tres años, tenía todavía una naturaleza de hierro y el trastorno se le pasó a lo largo de la noche, y no vino acompañado de delirio. El viernes se levantó ya avanzado el día, con la cabeza clara, aunque con el semblante serio por el miedo que le carcomía las entrañas y por la enorme responsabilidad que ahora pesaba sobre él. El sábado por la tarde se sintió con fuerzas para ir a la biblioteca y mantener una reunión con Rice y Morgan; los tres hombres estuvieron devanándose los sesos el resto del día con las más peregrinas especulaciones y los más deslumbrantes debates. Sacaron montones de espantosos libros sobre saberes arcanos de las estanterías y de los lugares donde estaban guardados celosamente, y estuvieron copiando esquemas y fórmulas mágicas con febril prisa y en cantidades ingentes. No cabía la menor duda sobre ello. Los tres habían visto el agonizante cuerpo de Wilbur Whateley postrado en una estancia de aquel mismo edificio, por lo que a ninguno de ellos se le pasó siquiera por la cabeza considerar el diario como los delirios de un enajenado.

Las opiniones sobre la conveniencia de dar cuenta a la policía de Massachusetts estaban divididas, imponiéndose la negativa en último momento. Había cosas en todo el plan que resultaban muy difíciles, por no decir imposibles, de creer por quienes no estaban al tanto de todo lo que allí sucedía, como muy bien se vería tras varias investigaciones realizadas con posterioridad a los hechos. Ya entrada la noche la sesión se levantó sin que hubieran trazado un plan definitivo, pero durante todo el domingo Armitage estuvo ocupado cotejando fórmulas mágicas y haciendo combinaciones de productos químicos sacados del laboratorio de la universidad. Cuanto más tenía en la cabeza el infernal diario, más dudas le asaltaban sobre la eficacia de cualquier agente material para destruir al ser que Wilbur Whateley había dejado tras de sí... el amenazador ser, desconocido para él, que unas horas después habría de abatirse sobre la localidad y terminaría siendo trágicamente conocido por el horror de Dunwich.

El lunes apenas fue nuevo en relación con la víspera para Armitage, pues la tarea en que estaba inmerso requería continuas búsquedas y experimentos. Nuevas consultas del diario de aquel monstruoso ser trajeron como consecuencia una serie de cambios en el plan fraguado primitivamente, y, con todo, sabía que al final seguiría adoleciendo de grandes fallas y riesgos. Para el martes ya había delineado una línea precisa de actuación y estaba seguro de que en menos de una semana estaría en condiciones de trasladarse a Dunwich. Pero con el miércoles vino la gran conmoción. Casi inadvertido, en una esquina del Arkham Advertiser, podía verse un pequeño despacho de la agencia Associated Press en el que se comentaba en tono jocoso que el whisky introducido de contrabando en Dunwich había originado un monstruo que batía todos los récords. Armitage, sobrecogido ante la noticia, telefoneó al momento a Rice y a Morgan. Hasta bien entrada la noche estuvieron discutiendo los planes a seguir, y al día siguiente se lanzaron rápidamente a hacer los preparativos para el viaje. Armitage sabía muy bien que iban a tener que habérselas con terribles fuerzas, pero también veía claramente que era el único medio de acabar con aquel maléfico peligro que otros antes que él habían venido a complicar y agravar.

IX

El viernes por la mañana Armitage, Rice y Morgan marcharon en automóvil hacia Dunwich, llegando al pueblo alrededor de la una de la tarde. Hacía un día espléndido, pero hasta en el fuerte sol reinante parecía presagiarse una inquietante tranquilidad, como si algo espantoso se abatiese sobre aquellas montañas misteriosamente terminadas en forma de bóveda y sobre los profundos y sombríos barrancos de la desértica región. De vez en cuando podía descubrirse recortado contra el cielo un lúgubre círculo de piedras en las cumbres montañosas. Por la atmósfera de silenciosa tensión que se respiraba en la tienda de Osborn, los tres investigadores comprendieron que algo horrible había pasado, y pronto se enteraron de la desaparición de la casa y de la familia entera de Elmer Frye. Durante toda la tarde estuvieron recorriendo los alrededores de Dunwich, preguntando a la gente qué había ocurrido y viendo con sus propios ojos, en medio de un creciente espanto, las pavorosas ruinas de la casa de los Frye con sus persistentes restos de aquella sustancia bituminosa, las espantosas huellas dejadas en el corral, el ganado malherido de Seth Bishop y las impresionantes franjas de vegetación arrasada que había por todas partes. El sendero dejado a todo lo largo de Sentinel Hill le pareció a Armitage de una significación casi devastadora, y durante un buen rato se quedó observando la siniestra piedra en forma de altar que se divisaba en la cúspide.

Finalmente, los investigadores de Arkham, enterados de que aquella misma mañana habían llegado unos policías de Aylesbury en respuesta a las primeras llamadas telefónicas dando cuenta de la tragedia acaecida a los Frye, decidieron ir en busca de los agentes y debatir con ellos sus impresiones sobre la situación. Pero una cosa fue decirlo y otra hacerlo, pues no se veía a los policías por ninguna parte. Habían venido en total cinco en un coche, que se encontró abandonado en un lugar próximo a las ruinas del corral de Elmer Frye. Las gentes de la localidad, que hacía tan solo un rato habían estado hablando con los policías, se encontraban tan asombradas como Armitage y sus compañeros. Fue entonces cuando al viejo Sam Hutchins se le vino a la cabeza una idea y, lívido, dio un codazo a Fred Farr al tiempo que señalaba hacia el profundo y rezumante abismo que se abría frente a ellos.

—¡Dios mío! —dijo jadeando—. ¡Mira que les advertí que no bajasen al barranco! Nunca se me ocurriría que fuera a meterse nadie ahí con esas huellas y ese olor y con las chotacabras armando tal griterío a plena luz del día…

Un escalofrío se apoderó de todos los allí congregados —granjeros e investigadores— al oír las palabras del viejo Hutchins, y todos aguzaron instintivamente el oído. Armitage, ahora que se enfrentaba por vez primera al horror y su destructiva labor, no pudo evitar temblar ante la responsabilidad que se le venía encima. Pronto caería la noche sobre la comarca, las horas en que la gigantesca monstruosidad salía de su cubil para continuar sus destructivas incursiones. *Negotium perambulans in tenebris...*[15] El anciano bibliotecario se puso a recitar la fórmula mágica que había aprendido de memoria, al tiempo que estrujaba con la mano el papel en que se contenía la otra fórmula alternativa que no había memorizado. Acto seguido, comprobó que su linterna se encontraba en perfecto estado. Rice, que estaba a su lado, sacó de un maletín un pulverizador de esos que se utilizan para combatir los insectos, mientras Morgan desenfundaba el rifle de caza en el que seguía confiando pese a las advertencias de sus compañeros de que las armas no valdrían de nada frente a tan monstruoso ser.

Armitage, que había leído el terrorífico diario de Wilbur, sabía muy bien qué clase de materialización podía encontrar, pero no quiso atemorizar más a los vecinos de Dunwich con nuevos indicios o pistas. Confiaba en poder librar al mundo de aquel horror sin que nadie se enterase de la amenaza que se cernía sobre la humanidad entera. A medida que la oscuridad fue haciéndose más densa los vecinos de Dunwich comenzaron a dispersarse e iniciaron el regreso a casa, ansiosos por encerrarse en su interior pese a la evidencia de que no había cerrojo o cerradura que pudiese resistir los embates de un ser de tan descomunal y de

15 Cita bíblica: "La pestilencia que vaga en las tinieblas."

tanta fuerza que podía tronchar árboles y triturar casas a su antojo. No vieron claro al enterarse del plan que tenían los investigadores de permanecer de guardia en las ruinas de la granja de Frye, próxima al barranco. Al despedirse de ellos, casi no tenían esperanzas de volver a verlos con vida a la mañana siguiente.

Aquella noche se oyó un enorme fragor en las montañas y las chotacabras chirriaron con infernal estrépito. De vez en cuando, el viento que subía del fondo del barranco de Cold Spring traía un hedor irresistible a la ya cargada atmósfera nocturna, un hedor como el que aquellos tres hombres ya habían tomado contacto en una anterior ocasión al encontrarse frente a aquella moribunda criatura que durante quince años y medio pasó por un ser humano. Pero la tan esperada monstruosidad no se dejó ver en toda la noche. No cabía duda, lo que había en el fondo del barranco aguardaba el momento favorable, y Armitage dijo a sus compañeros que sería un acto suicida intentar atacarlo en medio de la oscuridad de la noche.

Con las primeras horas del día cesaron los ruidos. La mañana se levantó gris, desapacible y con intermitentes ráfagas de lluvia, mientras densos nubarrones se acumulaban del otro lado de la montaña en dirección noroeste. Los tres científicos de Arkham no sabían cómo actuar. Comoquiera que la lluvia aumentase se guarecieron bajo una de las pocas construcciones de la granja de los Frye que todavía quedaban en pie, en donde discutieron la conveniencia de continuar esperando o arriesgarse y bajar al fondo de la sima a la caza de la monstruosa y abominable presa. El aguacero arreciaba por instantes y en la lejanía se percibía el fragor producido por los truenos, en tanto que el cielo resplandecía por los relámpagos que lo rasgaban, y muy cerca de donde se encontraban se vio caer un rayo, como si directamente se dirigiese al infernal barranco. El cielo se oscureció totalmente, y los tres científicos esperaban que la tormenta, aunque violenta, pasara rápidamente y que después aclarara.

Todavía continuaba cubierto de negros nubarrones el cielo cuando, no haría siquiera una hora, hasta ellos llegó una auténtica confusión de voces que se acercaba por el camino. Al poco, pudo divisarse un grupo despavorido integrado por algo más de una docena de hombres que venían corriendo, y no cesaban de gritar y hasta de sollozar demencialmente. Uno de los que marchaban a la cabeza prorrumpió a balbucir palabras ininteligibles, sintiendo un pavoroso escalofrío los investigadores de Arkham cuando las palabras adquirieron significado.

—¡Oh, Dios mío, Dios mío! —se oyó murmurar a alguien con una voz entrecortada—. ¡Vuelve de nuevo, y esta vez en pleno día! ¡Ha salido, ha salido y ahora se mueve! ¡Que el Señor nos proteja!

Tras oírse unos jadeos, la voz se hundió en el silencio, pero otro de los hombres volvió a coger el hilo de lo que decía el primero.

—Hace casi una hora Zeb Whateley oyó sonar el teléfono. Quien llamaba era la señora Corey, la mujer de George, el que habita abajo en el cruce. Dijo que Luther, el mozo, había salido en busca de las vacas al ver el espantoso rayo que cayó, cuando descubrió que los árboles se doblaban en la boca del barranco —del lado opuesto de la vertiente— y percibió idéntica pestilencia que la que se respiraba en las cercanías de las grandes huellas el lunes por la mañana. Y según ella, Luther dijo haber oído una especie de crujido o chapoteo, un ruido mucho más fuerte que el producido por los árboles o arbustos al doblarse, y de repente los árboles que había a orillas del camino se inclinaron hacia un lado y se escuchó un atronador ruido de pisadas y un chapoteo en el barro. Pero, aparte de los árboles y la maleza doblados, Luther no vio nada.

Después, más allá de donde el arroyo Bishop pasa por debajo del camino pudo oír unos terribles crujidos y chasquidos en el puente, y dijo que era como si fuese madera que estuviese resquebrajándose. Pero, aparte de los árboles y los matorrales doblados, no observó nada en absoluto. Y cuando los crujidos se perdieron a lo lejos —en el camino que lleva a la granja del brujo Whateley y a la cumbre de Sentinel Hill—, Luther tuvo el valor de acercarse al lugar donde se oyeron los ruidos primero y se puso a mirar al suelo. No se distinguía otra cosa que agua y barro, el cielo estaba gris y la lluvia que caía empezaba a borrar las huellas, pero cerca de la boca del barranco, donde los árboles se hallaban caídos por el suelo, todavía había marcada unas monstruosas huellas tan gigantescas como las que vio el lunes pasado.

Al llegar aquí, tomó la palabra el hombre que había hablado en primer lugar.

—Pero eso no es lo peor; eso fue solo el comienzo. Zeb convocó a la gente y todos estaban escuchando cuando se cortó una llamada telefónica que hacían desde la casa de Seth Bishop. Sally, la mujer de Seth, no paraba de hablar muy nerviosa, acababa de ver los árboles tronchados al borde del camino, y dijo que una especie de ruido acorchado, parecido al de las pisadas de un elefante, se dirigía hacia la casa. Después, manifestó que un olor insoportable se metió de súbito por todos los rincones de la casa y que su hijo Chauncey no cesaba de gritar que el olor era idéntico al que había en las ruinas de la granja de Whateley el lunes por la mañana. Y, a todo esto, los perros no paraban de lanzar espantosos aullidos y ladridos.

»De pronto, Sally dio un fenomenal grito y dijo que el cobertizo que había junto al camino se había derrumbado como si la tormenta se lo hubiese llevado por delante, únicamente que casi no corría viento para pensar en algo así. Todos escuchábamos con atención y a través del hilo podía oírse el jadeo de una muchedumbre de gargantas pegadas al teléfono. De repente, Sally volvió a proferir un espantoso grito y dijo que la cerca que había delante de la casa acababa de derrumbarse, aunque no se veía la menor señal que indicara la causa. Después, todos los que estaban pegados al hilo oyeron chillar también a Chauncey y al viejo Seth Bishop, y Sally decía a gritos que algo enorme se había abalanzado sobre la casa, no un rayo ni nada por el estilo, sino algo descomunal que presionaba contra la fachada y los golpes eran constantes, aunque no se veía nada a través de las ventanas. Y después… y después…

El terror podía verse reflejado en todos los rostros, y Armitage, aun cuando no estaba menos aterrado, tuvo el aplomo suficiente para decirle a quien tenía la palabra que prosiguiera.

—Y después… después, Sally lanzó un grito estremecedor y dijo «¡Socorro! ¡La casa se viene abajo!»… y desde el otro lado del hilo pudimos oír un impresionante estruendo y un espantoso griterío… igual que pasó con la granja de Elmer Frye, solo que esta vez peor…

El hombre que hablaba hizo una pausa, y otro de los que venía en el grupo continuó el relato.

—Eso fue todo. No volvió a oírse ni un ruido ni un chillido más. Solo el más aterrador silencio. Quienes lo escuchamos sacamos nuestros coches y furgonetas, y a continuación nos reunimos en casa de Corey todos los hombres sanos y robustos que pudimos encontrar, y hemos venido hasta aquí para que nos aconsejen cómo debemos de obrar. Es posible que todo sea un castigo del Señor por nuestras iniquidades, un castigo del que ningún mortal puede escapar.

Armitage comprendió que había llegado el momento de actuar, con aire resuelto, se dirigió al vacilante grupo de aterrados campesinos.

—No queda más remedio que seguirlo, señores —dijo tratando de dar a su voz el tono más tranquilizador posible—. Creo que hay una posibilidad de acabar para siempre con lo que quiera que sea ese monstruo. Todos ustedes conocen de sobra la fama de brujos que tenían los Whateley, pues bien, este abominable ser tiene mucho de brujería, y para terminar con él hay que recurrir a los mismos procedimientos que utilizaban ellos. He visto el diario de Wilbur Whateley y examinado algunos de los extraños y antiguos libros que acostumbraba a leer, y creo conocer el conjuro que debe pronunciarse para que desaparezca de una vez por todas. Ciertamente, no puede hablarse de una seguridad total, pero vale la pena intentarlo. Es invisible —como pensaba—, pero este pulverizador de largo alcance contiene unos polvos que deben hacerlo visible por unos momentos. Dentro de un rato vamos a verlo. Es realmente un ser pavoroso, pero todavía hubiese sido mucho peor si Wilbur hubiese seguido con vida. Nunca llegará a conocerse bien de qué se libró la humanidad con su muerte. Ahora solo tenemos un monstruo contra el que luchar, pero sabemos que no puede multiplicarse. Con todo, es posible que cause todavía mucho daño, así que no hemos de vacilar a la hora de librar al pueblo de semejante monstruo.

»Hay que seguirlo, pues, y la forma de hacerlo es ir a la granja que acaba de ser destruida. Que alguien vaya delante, pues no conozco bien estos caminos, pero supongo que debe haber un atajo. ¿Están conformes?»

Los hombres se movieron inquietos sin saber qué hacer, y Earl Sawyer, apuntando con un dedo mugriento por entre la cortina de lluvia que amainaba por momentos, dijo con voz suave:

—Creo que el camino más rápido para llegar a la granja de Seth Bishop es atravesar el prado que se divisa ahí abajo y vadear el arroyo por donde es menos profundo, para ascender después por las rastrojeras de Carrier y los bosques que hay seguidamente. Al final se llega al camino alto que pasa a orillas de la granja de Seth, que está del otro lado.

Armitage, Rice y Morgan se pusieron a caminar en la dirección señalada, mientras la mayoría de los aldeanos marchaban despacio tras ellos. El cielo empezaba a clarear y todo parecía indicar que la tormenta había cesado. Cuando Armitage tomaba sin querer una dirección errónea, Joe Osborn se lo indicaba y se ponía delante para indicar el camino. El valor y la confianza de los hombres del grupo crecían por momentos, aunque la luz crepuscular de la frondosa ladera casi cortada a pico que había al final del atajo —por entre cuyos fantásticos y añejos árboles hubieron de trepar cual si de una escalera se tratase— pusieron tales cualidades a prueba.

Finalmente, llegaron a un camino lleno de barro justo al tiempo que salía el sol. Se encontraban algo más allá de la finca de Seth Bishop, pero los árboles tronchados y las inequívocas y horribles huellas eran buena prueba de que ya había pasado por allí el monstruo. Apenas se detuvieron unos instantes a contemplar los restos que quedaban alrededor del gigantesco socavón. Era exactamente lo mismo que sucedió con los Frye, y nada vivo ni muerto podía verse entre las ruinas de lo que antes eran la granja y el establo de los Bishop. Nadie quiso permanecer allí mucho tiempo entre aquella pestilencia insoportable y aquella viscosidad bituminosa; todos volvieron instintivamente al sendero de terribles huellas que se dirigían hacia la granja en ruinas de los Whateley y las laderas coronadas en forma de altar de Sentinel Hill.

Al pasar ante lo que fuera la morada de Wilbur Whateley, todos los integrantes del grupo se estremecieron a las claras y sus ánimos comenzaron a debilitarse. No tenía nada de divertido seguir la pista de algo tan grande como una casa y no conseguir verlo, si bien podía respirarse en el ambiente una perversa presencia infernal. Frente al pie de Sentinel Hill las huellas dejaban el camino y podía apreciarse todavía fresca la vegetación aplastada y tronchada a lo largo de la ancha franja que señalaba el camino seguido por el monstruo en su reciente subida y descenso de la montaña.

Armitage sacó un potente catalejo y se puso a escrutar las verdes laderas de Sentinel Hill. Acto seguido, se lo pasó a Morgan, que gozaba de una visión más aguda. Tras mirar unos instantes por el aparato Morgan lanzó un espantoso grito, pasándoselo seguidamente a Earl Sawyer a la vez que le señalaba con el dedo un determinado punto de la ladera. Sawyer, tan inexperto como la mayoría de quienes no están acostumbrados a utilizar instrumentos ópticos, estuvo dándole vueltas unos segundos hasta que finalmente, y gracias a la ayuda de Armitage, consiguió centrar el objetivo. Al localizar el punto, su grito todavía fue más estridente que el de Morgan.

—¡Dios Todopoderoso, la hierba y los matorrales se mueven! Está subiendo… poco a poco… como si reptara… en estos momentos llega a la cima. ¡Que el cielo nos ayude!

La semilla del pánico pareció extenderse entre los expedicionarios. Una cosa era salir a la caza del monstruoso ser, y otra muy distinta encontrarlo. Era muy posible que los conjuros funcionaran, pero ¿y si fallaban? Empezaron a levantarse voces en las que se le formulaba a Armitage todo tipo de preguntas acerca del monstruo, pero ninguna contestación parecía satisfacerles. Todos tenían la impresión de hallarse muy próximos a fases de la naturaleza y de la vida absolutamente desconocidas y radicalmente ajenas a la existencia misma de la humanidad.

X

Por último, los tres investigadores venidos de Arkham —el Dr. Armitage, de canosa barba, el profesor Rice, rechoncho y de cabellos plateados, y el Dr. Morgan, delgado y de aspecto juvenil— terminaron subiendo solos la montaña. Tras enseñar con suma paciencia a los aldeanos sobre cómo enfocar y utilizar el catalejo, lo dejaron con el aterrorizado grupo que se quedó en el camino. A medida que subían aquellos tres héroes, los aldeanos fueron pasándoselo de mano en mano para poder verlos de cerca. La subida era empinada, y en más de una ocasión tuvieron que echar una mano a Armitage. Muy por encima del esforzado grupo expedicionario el gran sendero abierto en la montaña retumbaba como si su infernal hacedor volviera a pasar por él con parsimoniosa alevosía. Así pues, era notorio que los perseguidores ganaban terreno.

Curtis Whateley —de la rama no degenerada de los Whateley— era quien escudriñaba por el catalejo cuando los investigadores de Arkham se desviaron del sendero. Curtis dijo al resto del grupo que, sin duda, los tres hombres trataban de llegar a un pico inferior desde el que se divisaba el sendero, en un lugar muy por encima de donde se estaba aplastando la vegetación en aquellos momentos. Y así fue en efecto, pues los expedicionarios llegaron a la pequeña elevación al poco de que el invisible monstruo pasara por allí.

Después, Wesley Corey, que entonces miraba por el objetivo, gritó con todas sus fuerzas que Armitage se había puesto a ajustar el pulverizador que llevaba Rice, y todo señalaba que algo iba a ocurrir de un momento a otro. El nerviosismo empezó a cundir entre el grupo del camino, pues, según les habían dicho, el pulverizador debería hacer visible por unos instantes al desconocido horror. Dos o tres hombres cerraron los ojos, en tanto que Curtis Whateley arrebató el catalejo a Wesley y lo dirigió hacia el punto más alejado posible. Pudo ver que Rice, desde el lugar de observación en que se encontraban los expedicionarios —por encima y justo detrás del monstruoso ser— tenía una excelente oportunidad para intentar diseminar los potentes polvos de prodigiosos efectos.

El resto de los que estaban en el camino solo observaron el fugaz resplandor de una nube grisácea —una nube del tamaño de un edificio bastante alto— próxima a la cima de la montaña. Curtis, que era quien en aquellos momentos miraba por el catalejo, lo dejó caer de repente sobre el barro que les cubría hasta los tobillos, al tiempo que lanzaba un grito espantoso. Se tambaleó, y habría caído al suelo de no ser por dos o tres compañeros que le ayudaron y le mantuvieron en pie. Un casi inaudible gemido era lo único que salía de sus labios.

—¡Oh, oh, Dios Todopoderoso!... eso... eso...

Después se organizó una auténtica olla de grillos, pues todos querían preguntar a la vez, y solo Henry Wheeler se ocupó de recoger el catalejo caído en tierra y sacarle el barro. Curtis seguía articulando palabras sin sentido y ni siquiera conseguía dar respuestas aisladas.

—Es mayor que un establo... todo constituido de cuerdas retorcidas... Tiene una forma parecida a un huevo de gallina, pero gigantesco, con una docena de patas... como grandes toneles medio cerrados que se echaran a rodar.... No parece que tenga nada sólido... es de una sustancia gelatinosa y está hecho de cuerdas sueltas y retorcidas, como si las hubieran pegado... Tiene infinidad de enormes ojos saltones..., diez o veinte bocas o trompas que le salen por todos los lados, grandes como tubos de chimenea, y no paran de agitarse, abriéndose y cerrándose sin parar..., todas grises, con una especie de anillos azules o violetas... ¡Dios nos valga! ¡Y ese rostro semihumano encima...!

El recuerdo de esto último, fuera lo que fuese, resultó demasiado fuerte para el pobre Curtis, quien perdió el juicio y se desmayó antes de poder articular una sola palabra más. Fred Farr y Will Hutchins lo llevaron a un lado del camino, dejándole tendido sobre la húmeda hierba. Henry Wheeler, temblando, cogió entre las manos el catalejo y lo enfocó hacia la montaña en un intento de descubrir qué pasaba. A través del objetivo podían divisarse tres pequeñas figuras que ascendían hacia la cumbre con la rapidez con que se lo permitía la accidentada pendiente. Eso era todo cuanto veía, ni más ni menos. Después, todos percibieron un raro y súbito ruido que procedía del fondo del valle a sus espaldas, e incluso salía de la misma maleza de Sentinel Hill. Era el griterío que armaba una legión de chotacabras y en su estridente coro parecía fraguarse una tensa y perversa expectación.

Earl Sawyer cogió a continuación el catalejo y dijo que se veía a las tres figuras de pie en la cumbre más alta, prácticamente al mismo nivel del altar de piedra, pero todavía a considerable distancia de este. Uno de los hombres, dijo Earl Sawyer, parecía alzar los brazos por encima de su cabeza a intervalos rítmicos, y al decir esto los demás creyeron oír un tenue sonido cuasi musical a lo lejos, como si una ruidosa salmodia acompañara a sus gestos. La extraña silueta en aquel lejano pico debía constituir todo un grotesco e impresionante espectáculo, pero ninguno de los presentes se sentía con humor para hacer consideraciones estéticas.

—Creo que ahora están entonando el conjuro —susurró Wheeler en voz baja al tiempo que arrebataba el catalejo de manos de Sawyer. Mientras, las chotacabras chirriaban con especial estridencia y a un ritmo curiosamente irregular, que no guardaba ninguna semejanza con las modulaciones del ritual.

Súbitamente, la luz del sol disminuyó sin que, a primera vista, se debiera a la interposición de ninguna nube. Era un fenómeno realmente inusitado, y así lo apreciaron todos. Parecía como si en el seno de las montañas estuviera gestándose un estrepitoso fragor, extrañamente acorde con otro fragor que vendría del firmamento. Un relámpago rasgó el aire y los hombres perplejos buscaron inútilmente los indicios de la tormenta. La salmodia que entonaban los investigadores de Arkham llegaba ahora de forma clara hasta ellos, y Wheeler vio a través del catalejo que levantaban los brazos al compás de las palabras del conjuro. Podía oírse, asimismo, el ladrido enfurecido de los perros en una granja lejana.

Los cambios en las tonalidades de la luz solar fueron a más y los hombres apiñados en el camino seguían mirando perplejos al horizonte. Unas tinieblas violáceas, originadas como consecuencia de un espectral oscurecimiento del azul celeste, planeaba sobre las resonantes colinas. Seguidamente, volvió a rasgar el firmamento un relámpago, algo más deslumbrante que el anterior, y todos percibieron como si una especie de nube se levantara en torno al altar de piedra allá en la lejana cumbre. Nadie, sin embargo, miraba con el catalejo en aquellos momentos. Las chotacabras continuaban profiriendo sus irregulares chirridos, en tanto los hombres de Dunwich se preparaban, en medio de un gran nerviosismo, para enfrentarse con la imponderable amenaza que parecía pulular por la atmósfera.

De súbito, y sin que nadie lo aguardara, se dejaron escuchar unos sonidos vocales sordos, cascados y roncos que jamás olvidarían los integrantes del atemorizado grupo que los percibió. Pero aquellos sonidos no podían proceder de ninguna garganta humana, pues los órganos vocales del ser humano no son capaces de producir semejantes barbaridades acústicas. Más bien se diría que habían salido del mismo Infierno, si no estuviera claro que su origen se encontraba en el altar de piedra de Sentinell Hill. Y hasta casi es erróneo llamar a semejantes barbaridades sonidos, por cuanto su timbre, espantoso a la par que extremadamente bajo, se dirigía mucho más a lóbregos focos de la conciencia y al terror que al oído; pero uno debe calificarlos de tal, pues su forma recordaba, irrefutable aunque vagamente, a palabras balbucientes. Eran unos sonidos estruendosos —estruendosos igual a los ruidos de la montaña o los truenos por encima de los que resonaban— pero no procedían de ser visible alguno. Y como la imaginación es capaz de sugerir las más descabelladas suposiciones en cuanto a los seres invisibles se refiere, los hombres agrupados al pie de la montaña se apiñaron todavía más si cabe, y se echaron hacia atrás como si temiesen que fuera a alcanzarles un ocasional golpe.

—Ygnaiih... ygnaiih... thflthkh'ngha... Yog-Sothoth... —atronaba el horripilante graznido procedente del espacio—. Y'bthnk... h'ehye... n'grkdl'lh...

En aquel instante, quienquiera que fuese el que hablase pareció vacilar, como si estuviera librándose una pavorosa contienda espiritual en su interior. Henry Wheeler volvió a enfocar el catalejo, pero tan solo descubrió las tres figuras humanas grotescamente recortadas en la cima de Sentinel Hill, las cuales no paraban de agitar los brazos a un ritmo furioso y de hacer extraños gestos como si la ceremonia del conjuro estuviese próxima a su clímax. ¿De qué lóbregos avernos de terror propios del diabólico Aqueronte, de qué insondables abismos de conciencia extracósmica, de qué sombría y secularmente latente estirpe infrahumana procedían aquellos semiarticulados sonidos medio graznidos medio truenos? Súbitamente, volvían a oírse con renovado ímpetu y coherencia al acercarse a su máximo, final y más desgarradora excitación.

—Eh-ya-ya-ya-yahaah-e'yayayayaaaa... ngh'aaaaa... ngh'aaa h'yuh... ¡SOCORRO! ¡SOCORRO!... pp-pp-pp- ¡PADRE! ¡PADRE! ¡YOG-SOTHOTH!

Eso fue todo. Los pálidos aldeanos que aguardaban en el camino sin salir de su perplejidad ante las palabras indiscutiblemente inglesas que habían resonado, profusa y atronadoramente, en el enfurecido y vacío espacio que había junto a la impresionante piedra altar, no volverían a oírlas. Al punto, hubieron de dar un violento gruñido ante la terrorífica detonación que pareció desgarrar la montaña; un estruendo ensordecedor e imponente, cuyo origen —ya fuese el interior de la tierra o los cielos— ninguno de los presentes supo decirlo. Un único rayo cayó desde el cenit violáceo sobre la piedra altar y una gigantesca ola de monumental fuerza e indescriptible peste bajó desde la montaña bañando la comarca entera. Árboles, maleza y hierbas fueron arrasados por el furioso choque, y los atemorizados aldeanos del grupo que se encontraban al pie de la montaña, debilitados por el letal hedor que casi llegaba a asfixiarles, estuvieron a punto de caer rodando por el suelo. En la lejanía se oía el furioso ladrido de los perros, en tanto que los prados y el follaje en general se marchitaban cobrando una extraña y enfermiza tonalidad grisáceo-amarillenta, y los campos y bosques quedaban sembrados de chotacabras muertas.

La pestilencia desapareció al poco tiempo, pero la vegetación no volvió a brotar con normalidad. Incluso hoy sigue percibiéndose una extraña y nauseabunda sensación ante las plantas que crecen en las cercanías de aquella montaña de infausto recuerdo. Curtis Whateley comenzaba a volver en sí cuando se vio a los tres hombres de Arkham descender lentamente por la vertiente montañosa bajo los rayos de un sol cada vez más brillante e inmaculado. Su semblante era grave y tranquilo, y parecían consternados por unas reflexiones sobre lo que venían de presenciar de naturaleza mucho más angustiosa que las que habían reducido al grupo de aldeanos a un estado de postración y acobardamiento. En contestación a la lluvia de preguntas que cayó sobre ellos, los tres investigadores se limitaron a sacudir la cabeza y a reafirmar un hecho de trascendental importancia.

—El monstruoso ser se ha esfumado para siempre —dijo Armitage—. Ha vuelto al seno de lo que era en un principio y ya no puede volver a existir. Era una monstruosidad en un mundo normal. Solo en una mínima parte estaba compuesto de materia, en cualquiera de las acepciones de la palabra. Era igual que su padre, y una gran parte de su ser ha vuelto a fundirse con aquel en algún reino o dimensión desconocido allende nuestro universo material, en algún abismo desconocido del que solo los más endiablados ritos de la malevolencia humana le permitirían salir tras invocarlo por unos instantes en las cumbres montañosas.

A continuación, se hizo un corto silencio, durante el cual los sentidos dispersos del infortunado Curtis Whateley volvieron a entretejerse lentamente hasta formar una especie de continuidad, y llevándose las manos a la cabeza soltó un sordo lamento. La memoria le devolvió al instante en que le había abandonado, y volvió a invadirle la horrorosa visión que le había hecho desfallecer.

—¡Oh, oh, Dios mío, aquel rostro semihumano... aquel rostro semihumano!... aquel rostro de ojos rojos y albino pelo ensortijado, y sin mentón, igual que los Whateley... Era un pulpo, un ciempiés, una especie de araña, pero tenía una cara de forma semihumana encima de todo, y se parecía al brujo Whateley, solo que medía metros y metros.

Y, agotado, enmudeció, mientras el grupo entero de aldeanos se le quedaba mirando fijamente con una perplejidad todavía no cristalizada en renovado terror. Solo entonces el viejo Zebulón Whateley, a quien acostumbraban a venirle a la cabeza viejos recuerdos pero que no había abierto la boca hasta entonces, dijo en voz alta:

—Hace quince años —se puso a divagar—, oí decir al viejo Whateley que un día oiríamos al hijo de Lavinia pronunciar el nombre de su padre en la cumbre de Sentinel Hill...

Pero Joe Osborn le interrumpió para volver a preguntar a los hombres de Arkham:

—Pero, ¿qué era, después de todo, y cómo consiguió el joven brujo Whateley llamarle para que acudiera del más allá?

Armitage escogió sus palabras con esmero a la hora de responder.

—Era... bueno, era sobre todo una fuerza que no pertenece a la zona que habitamos del espacio sideral, una fuerza que actúa, crece y obedece a otras leyes distintas de las que rigen nuestra Naturaleza. A ninguno de nosotros se nos ocurre invocar a tales seres del exterior, solo lo intentan las gentes y cultos más despreciables. Y algo de ello puede decirse de Wilbur Whateley, algo que es suficiente para hacer de él un ser infernal y un monstruo precoz, y para hacer de su muerte una escena de diabólico dramatismo. Lo primero que pienso hacer es quemar este maldito diario, y si quieren obrar como hombres sensatos les sugiero que dinamiten cuanto antes la piedra altar que hay en esa cima y echen abajo todos los círculos de monolitos que se levantan en las otras montañas. Cosas así son las que, a la postre, atraen a seres como esos de los que tanto gustaban los Whateley, unos seres a los que iban a dar forma terrestre para que borraran de la faz de la tierra a la especie humana y arrastraran a nuestro planeta al fondo de algún lugar espantoso para alguna finalidad de naturaleza terriblemente execrable.

—Pero por cuanto se refiere al ser que acabamos de devolver a su lugar de origen, los Whateley lo criaron para que desempeñara un espantoso papel en los monstruosos hechos que iban a suceder. Creció deprisa y se hizo muy grande por las mismas razones por las que lo hizo Wilbur, pero le ganó porque contaba con un componente mayor de exterioridad. Y es innecesario preguntar por qué Wilbur lo llamó para que viniera del espacio… No lo llamó. Era su hermano gemelo, pero se parecía más a su padre que él.

La antigua raza

Providencia, 2 de noviembre de 1927

Apreciado Melmoth:

¿Así que estás espantosamente atareado tratando de descubrir el oscuro pasado de aquel molesto joven asiático llamado Varius Avitus Bassianus? ¡Uf! ¡Hay pocas personas que odie más que a esa maldita rata siria!... Hace poco, yo mismo he sido transportado a la oscura época romana a causa de mi reciente lectura del *Aenied*, de James Rhoades, en una traducción que no había leído nunca y más incuestionable para P. Maro que cualquier otra versión, incluyendo la de mi tío, el doctor Clark, que no ha sido difundida aún.

Esta diversión virgiliana, junto a los sombríos incidentes y acontecimientos de la fiesta de difuntos con sus ceremonias brujescas en las montañas la noche del lunes pasado, me causaron un sueño muy claro y realista que se desarrolló en los tiempos de los romanos, con unas implicaciones tan aterradoras que estoy seguro de que algún día las pondré en papel. Los sueños acerca de los romanos no eran infrecuentes durante mi niñez —solía seguir al divino Julio arrasando las Gallas, convertido en un *Tribunus militum*—, pero hacía tanto tiempo que no tenía uno que este me ha impactado bastante.

Oscurecía en un crepúsculo rojizo en la ciudad provinciana de Pómpelo, a los pies de los Pirineos en la Hispania

Citerior. El año que acontecía era uno de los últimos de la República, ya que la provincia aún estaba regida por un procónsul senatorial en vez del legado de Augusto, y el día era el primero de noviembre. Las colinas se levantabas rojizas y doradas al norte de la pequeña ciudad y el sol brillaba oblicuo sobre las rocas recién colocadas de los enormes edificios del foro y, hacia el este, las paredes de madera del circo. Grupos de ciudadanos —habitantes de Roma y nativos romanizados de negros cabellos, junto a personas mestizas, por las uniones entre ellos, vestidos con suaves túnicas— y soldados armados y hombres de barbas negras venidos de las tribus cercanas de los vascones, circulaban por las calles y el foro con una especie de inercia vaga e indefinida. Yo mismo terminaba de bajarme de una litera que, desde Calagurria, los transportadores ilirios habían traído a través de Iberia.

Creo que yo era un cuestor provincial llamado L. Caelius Rufús y que había sido emplazado por el procónsul, P. Scribonius Libo, cohorte de la XII legión, bajo el tribunal militar de Sex. Asellius; el legado de toda la región, Cr. Balbutius, también había venido desde Calagurria, donde se hallaba de forma permanente.

El motivo de la reunión era un espanto que bullía en las colinas. Los ciudadanos estaban asustados y habían requerido la presencia de una legión de Calagurria. Estábamos en la espantosa estación del otoño y la gente bárbara de las montañas se disponía para las aterradoras ceremonias de las que solo llegaban susurros a la ciudad. Ellos eran la antigua raza que vivía en lo más alto de las colinas y que hablaban un tajante lenguaje que los vascones no lograban entender. No era común verlos, pero varias veces al año despachaban mensajeros de ojos pequeños y amarillentos (que parecían escitas) para negociar con los mercaderes por medio de señas, y todos los otoños y primaveras realizaban sus ritos antiguos en los picos de las montañas y con sus gritos y hogueras espantaban a los ciudadanos de las villas. Siempre era lo mismo, la noche anterior al comienzo de mayo y la noche anterior al primero de noviembre. Mucha gente podía esfumarse antes de esas fechas para no ser vista nunca jamás. Y había algunos comentarios sobre que los pastores y los agricultores locales no tenían mala disposición con aquella antigua raza y de que más de una casa de campesinos se encontraba desocupada aquellas noches sabáticas.

Aquel año el horror fue grande, pues la gente sabía que las intenciones de la antigua raza señalaban a Pómpelo. Dos meses antes, cinco de aquellos hombres de mirada sigilosa habían bajado de las montañas y tres de ellos habían sido ultimados en el mercado. Los dos restantes habían regresado a sus colinas sin decir una palabra y aquel otoño ni un solo campesino había desaparecido. No era natural. No era habitual que la antigua raza absolviera a sus víctimas para el Sabbath. Era demasiado bueno para ser verdad y los habitantes estaban aterrorizados.

Durante muchas noches batieron los tambores en las colinas y finalmente el edil Tib. Annaeaus Stilpo (de sangre nativa) había convocado una legión de Balbutius, en Calagurria, para concluir con el Sabbath de aquella horrible noche.

Balbutius había descalificado de plano el miedo de los ciudadanos y afirmaba que los aterradores ritos de la gente de las colinas no tenían relación con los ciudadanos romanos. Yo, sin embargo, que debía ser un amigo cercano de Balbutius, estaba en discrepancia con él, repliqué que había estudiado minuciosamente la negra y prohibida ciencia y que creía que la antigua gente sería capaz de arrojar una maldición innombrable sobre la ciudad, que era ante todo, un establecimiento romano y albergaba gran cantidad de nuestros ciudadanos. La tolerante madre del edil, Helvia, era romana pura, hija de quien los vascones no podían entender: Rara M. Helvius Cinna, que había venido con la armada de Escipión. De manera tal que envié un esclavo —un pequeño griego llamado Antípater— con una serie de cartas para el procónsul, y Escribonius atendió mis súplicas y ordenó a Balbutius que enviara a Pómpelo la quinta legión bajo el mando de Asellius, recomendando que recorriera las colinas la primera noche de noviembre y atrapara a todos los ciudadanos que intervinieran en esas orgías sin nombre trayéndolos a Tarraco. Sin embargo, Balbutius protestó, por lo cual hubo más tráfico de correspondencia.

Yo le había escrito tantas veces al procónsul que este llegó a apasionarse seriamente con el tema, y decidió inmiscuirse personalmente en el terrible asunto.

Finalmente, viajó a Pómpelo con su consejero y asistentes personales. Allí oyó suficientes murmuraciones como para preocuparse y decidió poner fin a aquellos ritos. Deseoso de ser conducido por alguien que hubiese estudiado el tema, dictaminó que yo acompañase a la legión de Asellius. Balbutius también vino con nosotros para confirmar sus creencias, pues él creía sinceramente que las acciones militares radicales podrían despertar una aversión peligrosa en contra de los vascones. De esta manera nos encontramos en el místico atardecer de las colinas otoñales.

El viejo Escribonius Libo con su investidura de mando, los rayos dorados irradiando en su cabeza lisa y en su perfil de halcón. Balbutius con su radiante casco y los labios contraídos en un gesto de oposición, el joven Asellius con sus modales graves y su aparente superioridad, y la curiosa mezcla de personas, legionarios, aldeanos, paseantes, criados y esclavos. Yo mismo usaba una simple investidura, sin ningún distintivo especial.

El horror se hacía evidente por todos lados. Los habitantes de la ciudad no se atrevían a hablar en voz alta, y los hombres del séquito de Libo, que llevaban aquí una semana, parecían haber adoptado algunas de esas tétricas maneras. Incluso el viejo Escribonius parecía muy serio y las recias voces de los que habíamos llegado luego eran inconvenientes, como si nos halláramos en un lugar de muerte o en el santuario de algún dios mítico. Entramos en el *praetorium* y comenzamos una delicada conversación. Balbutius expuso sus objeciones y fue apoyado por Asellius, que parecía ser muy complaciente con los nativos a la vez que creía inadecuado enardecerlos. Ambos soldados sostenían que era mejor enfrentar el miedo de los pocos nativos colonizados sin provocar la ira de los numerosos pobladores y lugareños de las montañas al acabar con sus ritos ancestrales. Yo, en cambio, sostenía que debíamos actuar de inmediato y me ofrecí como voluntario para una potencial expedición.

Señalé que los feroces vascones eran algo tumultuosos e inciertos, de tal manera que un enfrentamiento armado con ellos era ineludible más pronto que tarde sin importar cuales fueran los cuidados que tuviéramos, que en el pasado no habían manifestado ser graves adversarios para las legiones romanas y que podría ser delicado que las autoridades de la Roma imperial no tomaran medidas para cuidar a sus ciudadanos. También dije que la victoria de la administración de una jurisdicción dependía en primer lugar de la seguridad de los habitantes civilizados en cuyas manos reposaban los muelles del comercio y la prosperidad, y por cuyas venas transitaba la sangre del pueblo romano. Aunque eran minoría, estos ciudadanos daban estabilidad a la zona y su contribución mantenía firme el poder en esa provincia del Imperio, del Senado y de la gente de Roma. Era componente fundamental proteger a los ciudadanos romanos, inclusive (y aquí brindé una mirada sarcástica a Balbutius y Aselius) aunque fuera necesario algo de acción y se dificultasen las fiestas y banquetes en el campamento de Calagurria.

De acuerdo con mis estudios, no albergaba ninguna duda de que el peligro sobre la ciudad y los habitantes de Pómpelo era algo real. Había estudiado infinidad de manuscritos sirios, egipcios y de las ciudades secretas de Etruria, y había conversado con frecuencia con los sacerdotes de Diana Aricina en su templo en los bosques que rodean el lago Nemorensis. Había algunas maldiciones horribles que podían ser invocadas en las montañas la noche del Sabbath, maldiciones que no debían emerger dentro de los límites de la nación romana y no había necesidad de permitir la realización de orgías que ya habían sido sancionadas por A. Postumius cuando era cónsul, quien había ejecutado a muchos ciudadanos romanos por practicar esas bacanales. Estos hechos fueron recogidos por el senador consular de Bacanalia, que mandó a esculpirlos en bronce y mostrarlos a las personas.

Además, antes de que el poder de las invocaciones pudiese manifestar algo material, el hierro de la *pilum* romana podría terminar con ellos. Esta celebración no podía significar tanto para la fuerza de una simple legión. Solo se necesitaría atrapar a los participantes y la liberación de las simples multitudes disminuiría el resentimiento que pudieran haber experimentado los partidarios de los ritos de la antigua raza. Para concluir, los principios políticos demandaban acciones enérgicas y yo no tenía ninguna duda de que Publius Escribonius, con su principios de decencia y sus compromisos para con los ciudadanos romanos, ordenaría avanzar a la legión, y a mí con ella, a pesar de las oposición de Balbutius y Asellius, que ciertamente, hablaban más como aldeanos que como ciudadanos romanos.

El sol se encontraba ahora muy bajo y toda la ciudad parecía sumergida en un fulgor fantástico y maligno. Entonces el procónsul P. Escribonius dijo que estaba de acuerdo con mis consejos y me ubicó en una de las legiones con el rango provisional de *centurio prímipilus*. Balbutius y Asellius lo consintieron, el primero con mejor disposición que el segundo.

Mientras la tarde caía sobre los abismos otoñales, un raro y pavoroso batir de tambores se escuchó en la distancia con monótono ritmo. Algunos de los soldados se estremecieron, pero las fuertes voces de mando los hicieron mantenerse firmes y pronto toda la legión fue llevada hacia el este desde el circo. Libo, al igual que Balbutius, insistió en ir junto a la legión, pero tuvimos grandes problemas para hallar un nativo que nos guiara por los escabrosos caminos de las montanas. Finalmente, un joven llamado Varcellius, hijo de romanos de sangre pura, aceptó llevarnos al pie de las montañas. Iniciamos la caminata bajo la oscuridad creciente, con los rayos de una luna plateada brillando sobre los bosques que se ensanchaban a nuestra izquierda.

Lo que más nos preocupaba era el hecho de que el Sabbath fuera alabado de cualquier forma. Las noticias de que una legión se hallaba en camino debieron haber llegado a las colinas, y aunque la decisión tomada hubiera sido otra, el murmullo debe haber sido igual de alarmante. Sin embargo, los espantosos tambores continuaban sonando, como si los participantes tuvieran algún motivo particular para aparecer totalmente indiferentes marcharan contra ellos, o no, las legiones romanas.

El sonido aumentó su intensidad conforme nos adentrábamos en las primeras cuestas de las colinas, con los espesos bosques cubriéndonos por todos lados y cuyos troncos tomaban aterradoras formas a la luz de nuestras antorchas. Todos iban caminando excepto Libo, Balbutius, Asellius, dos o tres centuriones y yo mismo. Poco a poco el camino se fue haciendo tan escabroso y angosto que quienes teníamos caballos nos vimos obligados a dejarlos. Dispusimos una guardia de diez hombres para cuidarlos, aunque los grupos de ladrones penosamente se atreverían a proceder en semejante noche de terror. Después de media hora de marcha, escalando por escarpas y riscos, avanzar llegó a ser en extremo difícil para una legión tan grande de hombres —unos trescientos— que se veían forzados a cruzar continuamente dificultades rocosas.

Y entonces, con una espantosa claridad, percibimos un sonido aterrador que procedía de abajo de nosotros. Venía del sitio de donde habíamos dejado a los caballos, gritaban... no relinchaban, sino que gritaban... y no se veía ninguna luz, ni se escuchaba el sonido de voces humanas que pudieran testificar lo qué estaba ocurriendo. Al mismo instante, cientos de fuegos se inflamaron en los picachos que estaban sobre nuestras cabezas, de tal manera que el horror parecía cercarnos tanto de arriba como de abajo. Dirigimos la visión hacia nuestro joven guía Varcellius y solo pudimos observar su cabeza cortada en medio de un pozo de sangre. En su mano se veía una corta espada que había tomado del cinturón de D. Vinulanus, un subcenturio, y su cara mostraba tal expresión de horror que incluso los más acostumbrados veteranos se pusieron pálidos con su sola observación. Se había matado a sí mismo al oír los gritos de los caballos… Él, que había nacido y vivido toda su vida en esa región y conocía a la clase de hombres que murmuraba acerca de las montañas.

Las antorchas comenzaron a apagarse, y los gritos de los asustados legionarios se unieron a los de los caballos. El aire se volvió apreciablemente más frío, más de lo habitual para los primeros días de noviembre y parecía aullar con terribles vibraciones que yo no me atrevía a relacionar con el zumbido de los tambores. Toda la legión permaneció inmóvil y cuando las antorchas terminaron de extinguirse, observé unas sombras fabulosas que se proyectaban en el cielo sobre el resplandor de la Vía Láctea, como si viniesen de Perseus, Casiopea, Cefeus y Cygnus.

De pronto, todas las estrellas desaparecieron del cielo, hasta las brillantes Vega y Deben, así como la solitaria Altair y Fomalhaut. Las antorchas se extinguieron completamente, todas a la vez, y sobre la aterrada y aullante legión solo permaneció la confusión y el resplandor de los horribles fuegos que ardían en las cumbres. Un infierno rojo y las siluetas de las imposibles y colosales formas de bestias tan innombrables que ni los sacerdotes frigios, ni los magos, se han atrevido a nombrarlas en su más alocadas historias.

Y por encima del estruendo de los gritos de hombres y caballos, el demoniaco sonido de los tambores aumentó, mientras que un helado y salvaje viento barría las cumbres trasladando consigo el terror, agitando a cada hombre por separado hasta que la legión se desperdigó gritando en la oscuridad, como si se resistiesen a los designios de Laocoon y de sus hijos. Solo el viejo Escribonius parecía humilde. Mencionó unas pocas palabras que pude percibir con claridad entre aquel clamor y aún resuena su sonido en mi mente —*Malibia vetus; malihia vetus est... venit... tándem venit...*

Me desperté entonces. Fue el sueño más real que he tenido desde que recuerdo, escondido en mi subconsciente por lugares y cosas olvidadas. No existe ninguna crónica histórica de aquella legión, pero la ciudad, al menos, fue salvada, las enciclopedias hablan de la existencia de Pómpelo en nuestros días, cuyo nombre español contemporáneo es Pamplona...

Siempre tuyo, por la Supremacía del Godo: G. Lulius Verus Maximinus.

La declaración de Randolph Carter

Señores, les repito que su interrogatorio es inútil. Si quieren, enciérrenme para siempre. Si necesitan una víctima para fabricar la ilusión de eso que llaman justicia pueden ejecutarme; pero no puedo decir nada más de lo que ya he dicho. Todo lo que recuerdo lo he contado con absoluta verdad. No he ocultado nada y tampoco he cambiado nada. Si algo continúa siendo poco claro, se debe a esa nube oscura que ha invadido mi cabeza... A esa nube y a la confusa naturaleza de los sucesos que cayeron sobre mí.

Les repito que no sé qué ocurrió con Harley Warren, aunque creo y espero que haya encontrado la paz y el olvido, si es que existen en alguna parte. Es verdad que durante cinco años fui su amigo y que compartí buena parte de sus espantosas investigaciones sobre lo desconocido. Aunque mi memoria no es tan precisa como quisiera, no niego que ese testigo suyo pueda habernos visto juntos a las once y media de aquella terrible noche como él dice, dirigiéndonos hacia Big Cypress Swamp por el camino de Gainsville. Tampoco tengo problemas al añadir que llevábamos linternas eléctricas, azadas y un rollo de alambre junto a diversos instrumentos, ya que esos objetos representaron un papel que ha quedado grabado de un modo imborrable en mi trastornada memoria. Pero de lo que siguió, y de las razones por las que me encontraran solo y aturdido a orillas del pantano al día siguiente, insisto en que solo recuerdo lo que ya les he contado una y otra vez. Ustedes dicen que no hay nada en ese lugar ni cerca de él que pudiera justificar tan increíble episodio. Les repito que no sé nada más aparte de lo que vi. Pudo haber sido una alucinación o una pesadilla, y ruego que así fuese, pero eso es todo lo que recuerdo de lo que ocurrió en aquellas terribles horas después de que nos alejamos de la vista de los hombres. Las razones por las que Harley Warren no ha regresado solo puede explicarlas él o su espíritu... o algo desconocido que para mí es imposible describir.

Como ya he mencionado, las fantásticas investigaciones de Harley Warren no me eran desconocidas, y hasta cierto punto las compartía. De su gran colección de libros raros y extraños sobre temas prohibidos yo leí todos los que están escritos en los idiomas que comprendo, los cuales son pocos comparados con aquellos que no entiendo. La mayoría están escritos en lengua arábiga y el libro inspirado por el espíritu del mal —el mismo que Warren se llevó consigo al otro mundo— estaba escrito en unos caracteres que yo nunca había visto. Él no quiso decirme nunca cual era el contenido de aquel libro. Y en cuanto a la naturaleza de nuestras investigaciones... ¿tengo que repetir que ya no estoy seguro de comprenderlas? Encuentro misericordioso que sea de ese modo, ya que eran unas investigaciones terribles, que yo compartía más por renuente fascinación que por verdadera inclinación. Warren siempre me dominó al punto de temerle. Recuerdo cómo me estremecí cuando vi la expresión de su rostro mientras hablaba de su teoría la noche anterior al terrible acontecimiento, de que algunos cadáveres no se descomponen nunca sino que permanecen enteros en sus tumbas durante un millar de años.

Pero ya no le temo. Sospecho que él ha conocido horrores más allá de mis posibilidades de comprensión. Ahora, en cambio, siento temor por él. Repito que no tenía la menor idea de cuál era nuestro objetivo aquella noche. Ciertamente, tenía mucho que ver con el libro que Warren llevaba consigo, el libro antiguo en caracteres indescifrables que le había llegado de la India un mes antes, pero juro que yo ignoraba lo que esperábamos descubrir. ¿Su testigo dice que nos vio en el camino de Gainsville en dirección al pantano de Big Cypress a las once y media de la noche? Probablemente es cierto. En mi cerebro solo está grabada una escena que debió producirse mucho después de medianoche, ya que una luna en cuarto menguante, nublada por gases semitransparentes, se veía muy alta en el cielo.

El lugar era un antiguo cementerio, tan antiguo, que temblé frente a las evidencias de años tan remotos. Este sitio se hallaba en una profunda hondonada cubierta de musgo y maleza y emanaba un vago hedor que en mi mente asocié, de modo absurdo, con piedras en descomposición. Se veían señales de descuido y la decrepitud reinaba por todas partes. La idea de que Warren y yo éramos los primeros seres vivientes que invadíamos un silencio letal de siglos me acosaba. En el cielo, la luna menguante asomaba entre los fétidos vapores que parecían emanar de aquellas inexploradas catacumbas, y entre su débil luz y oscilantes rayos logre distinguir una repugnante formación de muy antiguos mausoleos, panteones y tumbas en total estado de ruinas, cubiertos de musgo, con manchas de humedad y parcialmente ocultos por una obscena vegetación.

Mi primer recuerdo de mi presencia en esa terrible necrópolis es el acto de detenerme con Warren ante una tumba determinada y de desprendernos de toda la carga que habíamos llevado. Observé entonces que yo tenía una linterna eléctrica y dos azadas, en tanto que mi compañero había llevado una linterna similar y una instalación telefónica portátil. Ambos parecíamos conocer el lugar y la tarea que nos correspondía por lo que no pronunciamos ni una sola palabra. Sin demora empuñamos las azadas y empezamos a limpiar de hierba y de maleza la antigua sepultura. Después de dejar al descubierto toda la superficie, la cual consistía en tres inmensas losas de granito, retrocedimos unos pasos para contemplar el escenario fúnebre y Warren pareció efectuar unos cálculos mentales. Después de ello, se acercó de nuevo al sepulcro y, utilizando su azada como palanca, trató de levantar la losa más cercana a unas piedras ruinosas que en su momento pudieron haber sido un monumento funerario. Como no lo consiguió me hizo una seña para que lo ayudara. Finalmente, nuestros combinados esfuerzos aflojaron la losa, la levantamos y la pusimos a un lado.

Quedó al descubierto un oscuro boquete del que brotó un efluvio de gases, tan nauseabundos, que Warren y yo tuvimos que retroceder precipitadamente. Sin embargo, al cabo de un instante nos acercamos de nuevo y encontramos las emanaciones menos insoportables. Con nuestras linternas iluminamos un tramo de peldaños de piedra que estaban empapados con algún desagradable néctar de las entrañas de la tierra y que estaban bordeados de paredes muy húmedas con grandes costras de salitre. En ese momento, por primera vez que yo recuerde durante esa noche, Warren me habló con su empalagosa voz de tenor. Una voz muy poco alterada por aquel pavoroso entorno.

—Lamento tener que pedirte que te quedes en la superficie —me dijo—. Sería un crimen permitir que alguien con unos nervios tan frágiles como los tuyos bajara allí. Nunca podrás imaginar, ni siquiera por lo que has leído y por lo que yo te he contado, las cosas que tendré que ver y hacer allí. Es una tarea infernal, Carter, y dudo que cualquier hombre que no tenga una fortaleza de acero pueda llevarla a cabo y regresar vivo y cuerdo. No quiero ofenderte, y el cielo sabe lo mucho que me alegraría llevarte conmigo, pero es mi responsabilidad y no puedo arrastrar a una persona sensible como tú a la muerte o a la locura. Te repito que no puedes imaginar siquiera de qué se trata. Pero te prometo mantenerte informado por teléfono de cada movimiento que haga. Como puedes ver, he traído suficiente alambre para llegar al centro de la tierra y volver.

Todavía puedo oír sus palabras pronunciadas tan fríamente y también puedo recordar mis protestas. Yo estaba extremadamente ansioso por acompañar a mi amigo a aquellas profundidades sepulcrales, pero él se mantuvo inflexible. Incluso que hubo un momento en que me amenazó con abandonar la expedición si yo no me daba por vencido. Fue una amenaza muy eficaz, puesto que él era quien tenía la clave de todo aquel asunto. Una vez que acepté, de muy mala gana, permanecer en la superficie, Warren cogió el rollo de alambre y los instrumentos, me entregó uno de los auriculares, estrechó mi mano, se cargó al hombro el rollo de alambre y desapareció en el interior de aquel indescriptible osario.

Fui a sentarme sobre una vieja y desgastada lápida, muy cerca de la abertura que había engullido a mi amigo. Durante un par de minutos pude ver el resplandor de su linterna y oír cómo crujía el alambre mientras lo desenrollaba detrás de él, pero el resplandor desapareció bruscamente, como tapado por un giro de la escalera, y el sonido del alambre se apagó del mismo modo. Yo estaba solo, pero unido a las misteriosas profundidades por aquel alambre verde cuyo revestimiento aislante brillaba bajo los pálidos rayos de la luna.

Continuamente observaba mi reloj bajo la luz de mi linterna y estaba pendiente del auricular con agitada ansiedad, pero esperé más de un cuarto de hora sin escuchar nada. Luego sentí un ligero chasquido y llamé a mi amigo con cierta preocupación. A pesar de mi disposición, yo no estaba preparado para escuchar las palabras que me llegaron desde aquella pavorosa bóveda, ellas tenían un acento de alarma que resultaba profundamente estremecedor, ya que procedían del imperturbable Harley Warren. Él, quien con tanta tranquilidad me había dejado solo un momento antes, hablaba ahora desde abajo con un susurro tembloroso más impresionante que el grito más desgarrador:

—¡Dios! ¡Si pudieras ver lo que yo veo!

No pude contestarle. Me había quedado sin habla y solo pude esperar. Warren habló de nuevo:

—¡Carter, es terrible... es monstruoso... increíble!

Esta vez la voz no me falló y le hice un montón de preguntas. Aterrado, le preguntaba sin cesar:

—Warren, ¿qué es? ¿Dime qué es?

Volví a escuchar la voz de mi amigo, claramente desesperada y ronca de temor:

—¡No puedo decírtelo, Carter! ¡Es demasiado terrible! No me atrevo a decírtelo... ningún hombre podría saberlo y continuar viviendo... ¡Dios mío! ¡Nunca había imaginado nada semejante!

Otra vez el silencio. El cual solo era interrumpido por mis ocasionales y también estremecidas preguntas. De nuevo escuché la voz de Warren con un susurro trémulo de desesperada consternación:

—¡Carter! ¡Por el amor de Dios, vuelve a colocar la losa y márchate! ¡Ahora! ¡Déjalo todo y márchate... es tu única oportunidad! ¡No me pidas explicaciones. Haz lo que te digo!

Le escuché, pero solo era capaz de repetir frenéticamente mis preguntas. A mi alrededor había tumbas, oscuridad y sombras, debajo de mí, una amenaza más allá del alcance de la imaginación humana. Pero mi amigo estaba expuesto a un peligro mucho mayor que el mío y a través de mi propio miedo experimenté un ligero resentimiento al pensar que él me creía capaz de abandonarlo en aquellas circunstancias. Se oyeron más chasquidos y tras una breve pausa un lamentable grito de Warren:

—¡Carter, coloca de nuevo la losa! ¡Por el amor de Dios!

El ruego casi infantil de mi compañero era revelador de que se encontraba bajo la influencia de una terrible emoción, lo que me estimuló a actuar.

—¡Resiste, Warren! ¡Voy a bajar!

Pero, ante tal ofrecimiento, la voz de mi amigo se convirtió en un alarido de absoluta desesperación:

—¡Noooo! ¡No puedes comprenderlo! Es demasiado tarde... la culpa ha sido mía. Coloca de nuevo la losa y corre... es lo único que puedes hacer por mí.

Su voz cambió de nuevo, esta vez era como de resignación sin esperanza. Sin embargo, seguía siendo tensa debido a la ansiedad que Warren experimentaba por mi suerte.

—¡Corre! ¡Deprisa! Antes de que sea demasiado tarde!

No quise contradecirle, intenté sobreponerme a la parálisis que se había apoderado de mí y quise cumplir mi promesa de acudir en su ayuda. Pero su siguiente susurro me sorprendió aún sumergido en un indescriptible terror.

—¡Carter, apresúrate! Ya todo es inútil... tienes que huir... la losa... es mejor uno que dos... Una pausa, más chasquidos, luego la débil voz de Warren:

—Todo va a terminar... no lo hagas más difícil... cubre esos malditos peldaños y sálvate... no pierdas más tiempo... Hasta nunca, Carter... no volveremos a vernos.

El susurro de Warren comenzó a crecer hasta convertirse en un grito. Un grito que también comenzó a crecer hasta convertirse en un alarido que contenía todo el horror de todos los siglos.

—¡Malditos sean los seres infernales! ¡Hay legiones de ellos! ¡Dios mío! ¡Huye, Carter! ¡Huye! ¡Huye!

Otra vez, el silencio. Ignoro durante cuánto tiempo permanecí sentado, estupefacto, susurrando, murmurando, llamando, gritándole a aquel teléfono. Una y otra vez, durante aquel interminable lapso de tiempo, susurré, murmuré, llamé y grité:

—¡Warren! ¡Warren, contesta! ¿Estás ahí?

Y entonces llegó hasta mí el horror definitivo, el horror indecible, el impensable, el increíble. Ya he mencionado que parecieron transcurrir siglos después de que Warren me diera su última y desesperada advertencia, y que solo mis propios gritos rompían aquel pavoroso silencio. Pero al cabo de unos instantes se oyó un chasquido en el receptor y apreté el oído para escuchar. Grité nuevamente:

—Warren, ¿estás ahí? —y en respuesta escuché aquello que envió una nube oscura sobre mi cerebro.

No trataré de describir la voz que escuché, puesto que las primeras palabras me sacaron de mi estado de consciencia y generaron un vacío mental que se prolonga hasta el momento en que desperté en el hospital. ¿Qué podría decirle? ¿Que era una voz hueca, profunda, sobrenatural, gelatinosa, incorpórea, remota e inhumana? La escuché y no supe nada más... Ese fue el final de mi experiencia y también el final de mi historia. La oí mientras estaba petrificado en aquel cementerio desconocido, en una hondonada, entre lápidas carcomidas y tumbas en ruinas, entre la exuberante vegetación y vapores miasmáticos... La escuché surgiendo de las infernales profundidades de aquel maldito sepulcro abierto, mientras contemplaba unas sombras necrófagas danzando bajo una pálida luna menguante.

Y lo que dijo fue:

—¡Imbécil, Warren está MUERTO!

Lo innombrable

Nos hallábamos sentados en una arruinada tumba del siglo XVI, entrada la tarde de un día de otoño en el antiguo cementerio de Arkham, y hablábamos sobre lo innombrable. Mirando hacia el formidable sauce del camposanto cuyo tronco casi había destruido la antigua y casi ilegible losa, yo había hecho un comentario fabuloso sobre el alimento sombrío e incalificable que sus inmensas raíces absorbían, sin duda, de aquella tierra centenaria y macabra. Mi amigo me reprendió por decir esas tonterías y añadió que ya que no se habían realizado entierros desde hacía más de un siglo, seguramente el árbol no absorbía otro alimento que el habitual. Además, agregó que mi permanente alusión a lo "innombrable" y lo "incalificable" eran un procedimiento infantil, muy relacionado con mi exigua categoría como escritor. Yo era muy inclinado a finalizar mis relatos con suspiros o ruidos que interrumpían las facultades de mis héroes y los dejaban sin coraje, sin palabras y sin memoria para narrar lo que habían experimentado. Decía él, que conocemos las cosas solo a través de nuestros cinco sentidos o nuestras percepciones religiosas, por lo tanto, es prácticamente imposible hacer mención a ningún objeto o visión que no pueda narrarse claramente a través de las sólidas definiciones empíricas o de las adecuadas doctrinas teológicas —preferentemente congregacionalistas— con las transformaciones que la leyenda o sir Arthur Conan Doyle puedan aportar.

A menudo, discutía tranquilamente con este amigo, Joel Manton. Él era director de la East High School, nacido y criado en Boston y compartía esa autocomplaciente sordera de Nueva Inglaterra para las sutiles sugerencias de la vida. Su dictamen era que únicamente nuestras experiencias normales y objetivas poseen una condición atractiva y que lo que interesa al artista es no tanto provocar una fuerte emoción mediante la acción, el éxtasis y el asombro, sino conservar un sosegado interés y apreciación con minuciosas y precisas reproducciones de lo cotidiano. En particular, se oponía a mi inquietud por lo místico y lo inexplicable, porque aunque entendía lo sobrenatural mucho mejor que yo, no aceptaba que fuera un tema sobradamente común para plantearlo literariamente. Para una inteligencia templada, hábil y lógica, era asombroso que un cerebro pudiese hallar su mayor disfrute en la evasión de la rutina diaria y de las curiosas y trágicas combinaciones de imágenes habitualmente reservadas, por la práctica y el agotamiento, a las acostumbradas formas de la existencia real. Según él, todas las entidades y emociones tenían dimensiones, características, causas y efectos fijos, y aunque sabía remotamente que el intelecto tiene, a veces, visiones y sensaciones de carácter bastante menos simétrico, clasificable y adaptable, se sentía justificado para trazar una línea imaginaria y desechar todo aquello que no puede ser probado y entendido por el hombre ordinario. Además, él estaba casi seguro de que no puede haber nada que sea "innombrable". No era lógico, según él.

Aunque había notado que era inútil alegar argumentos geniales y teóricos frente a la autosatisfacción de un purista de la vida diurna, había algo en la atmósfera de esta plática vespertina que me estimulaba a discutir más que de costumbre. Las roídas losas de pizarra, los majestuosos árboles, los centenarios techos holandeses de la antigua ciudad embrujada que se extendía alrededor, todo favorecía a entusiasmar mi espíritu en defensa de mi obra, y no tardé en llevar mis argumentos al mismo terreno de mi enemigo. De hecho, no me fue difícil comenzar la ofensiva, ya que sabía que Joel Manton continuaba medio atrapado por muchas de las supersticiones que las gentes educadas habían abandonado ya. Creencias en las visiones de personas a punto de morir en lugares distantes o las huellas dejadas por viejos rostros en las ventanas a las que se habían asomado en vida. Yo insistía en que considerar estas fábulas de vieja campesina presuponía una fe en la existencia de materias fantasmales en la tierra separadas de sus dobles materiales y supeditadas a ellos. Involucraba, además, la capacidad para creer en hechos que estaban más allá de todo el saber normal, pues si un muerto puede dejar ver su imagen etérea o tangible a la distancia de medio mundo o moverse a lo largo de los siglos, ¿por qué iba a ser ilógico suponer que las casas abandonadas están llenas de inusuales entidades sensibles, o que los antiguos cementerios rebosan de espantosas e impalpables generaciones de inteligencias? Y dado que el espíritu, para realizar las demostraciones que se le atribuyen, no puede tener limitación alguna de las leyes de la materia, ¿por qué es una incongruencia pensar que los seres muertos subsisten psíquicamente en formas —o falta de formas— que para el espectador humano resultan total y terriblemente "innombrables"? Al deliberar sobre estos temas, emocionado, le aseguré a mi amigo que el "sentido común" no era más que una tonta falta de imaginación y de flexibilidad mental.

Había comenzado a oscurecer, pero a ninguno de los dos deseábamos dejar la conversación. Manton no parecía impresionado por mis explicaciones y estaba ansioso por refutarlas, con la seguridad en sus propias opiniones que tan buen resultado le daban como profesor, mientras que yo me sentía bastante seguro en mi terreno para sospechar una derrota. Llegó la noche y las luces alumbraron débilmente algunas de las alejadas ventanas, pero no nos movimos. Nuestro sillón —un sepulcro— era convenientemente cómodo y yo sabía que a mi material amigo no le incomodaba la cavernosa hendidura que se abría en la decrépita obra de ladrillos dañada por las raíces, justo detrás de nosotros, ni la absoluta oscuridad del lugar que proyectaba la abandonada y solitaria casa del siglo XVII que se cruzaba entre nosotros y la iluminada calle. Allí, sentados en la penumbra hablábamos acerca de lo "innombrable" junto a la agrietada tumba vecina a la casa deshabitada, y cuando mi amigo paró de burlarse, le conté la espantosa prueba que había detrás de uno de mis relatos, justo del que más se había burlado él.

El relato se llamaba "La ventana del ático" y fue publicado en el número de *Whispers* correspondiente a enero de 1922. En muchos sitios, particularmente en el sur y en la costa del Pacífico, recogieron la revista de los kioscos motivado a las quejas de los estúpidos miedosos, pero en Nueva Inglaterra no causó ninguna turbación y los lectores se encogieron de hombros ante mis extravagancias. Era increíble, dijeron, que alguien se asustase con aquel ser biológicamente inverosímil, no era sino una ficción más, una historia que Cotton Mather había hecho lo bastante creíble como para incluirla en su trastornada *Magnalia*

Christi Americana y se hallaba tan tristemente autentificada que ni siquiera había osado referir el nombre de la zona donde había tenido lugar el espanto. En cuanto al desarrollo que yo hacía de la breve nota del viejo místico... ¡era absolutamente imposible y característica de un plumífero fútil y fantasioso! Mather había dicho que, efectivamente, semejante plumífero había nacido, pero nadie, excepto un sensacionalista barato, podría sospechar que se hubiese desarrollado, que se hubiese asomado en las ventanas de las viviendas durante las noches y se escondiera en el ático de una casa, en cuerpo y alma, hasta que siglos más tarde alguien lo descubrió en la ventana, aunque no pudo narrar qué fue lo que le tornó grises los cabellos. Mi amigo Manton no dejaba de repetir que todo eso no era más que mediocridad desvergonzada. Entonces le mencioné lo que había descubierto en un viejo diario fechado entre 1706 y 1723, desempolvado de entre los papeles de mi familia a menos de un kilometro de donde estábamos sentados. También, le mencioné la incuestionable verdad que describía el diario de las cicatrices que mi antepasado llevaba en su pecho y espalda. Le hablé también de los miedos que albergaban otras personas de esa región y de lo que se rumoreó durante generaciones, y de cómo se comprobó que no era falsa la demencia que sufrió un niño después que entrara, en 1793, en una casa abandonada para comprobar ciertas huellas que se decía que había en ella.

Indudablemente, fue un ser horrible. No es de extrañar que los estudiosos se alteren al investigar la época puritana de Massachusetts. Se sabe muy poca cosa de lo que sucedió bajo la superficie, aunque a veces emerge horriblemente con un pútrido burbujeo. El pánico a la brujería es un chispeo de luz de lo que pululaba en los malsanos cerebros de los hombres, pero hasta eso es una pequeñez. No había belleza, no había libertad, tal como puede verificarse en los restos arquitectónicos y domésticos, y en los pervertidos sermones de los estrictos teólogos. Pero dentro de esa enmohecida camisa de fuerza, se escondían hipócritamente la maldad, la corrupción y el satanismo. Esta era, en realidad, la glorificación de "lo innombrable".

Cotton Mather, en ese depravado sexto libro que nadie debe leer durante la noche, no se anda con rodeos al lanzar sus maldiciones. Rígido como un profeta judío y sobriamente imperturbable como ninguno hasta ese momento, habla de la bestia que parió a un ser superior a las bestias, pero inferior al hombre. El ser del ojo manchado, y del infeliz y escandaloso borracho al que estrangularon por tener un ojo así. Se aventura a hablar de todo esto, aunque no menciona lo que sucedió después. Tal vez, no llegó a saberlo, o tal vez sí, y no se animó a contarlo. Hubo quien sí se enteró, pero tampoco llegó a decir nada... Menos aún, se dio una explicación pública de por qué se mencionaba con recelo la cerradura de la puerta que estaba al pie de la escalera de cierto desván donde habitaba un viejo solitario, amargado y decadente, el cual había osado levantar la losa de cierta sepultura anónima sobre la cual, sin embargo, existen abundantes leyendas capaces de paralizarle la sangre a cualquiera.

Todo se encuentra en ese diario viejo que encontré, las secretas menciones e historias murmuradas sobre seres con un ojo manchado que iban asomándose en las ventanas durante la noche o eran observados por los llanuras desiertas, cerca de los bosques. Mi antecesor vio a un ser así en una calzada sombría que atravesaba un valle, el cual le dejó marcas de cuernos en el pecho y de garras en su espalda, y cuando buscaron sus huellas en el polvo, encontraron huellas mezcladas de pezuñas resquebrajadas y garras ligeramente antropomorfas. En una oportunidad, un jinete del servicio de correo narró que había visto bajo la luz de la luna, pocas horas antes del amanecer, a un viejo corriendo y llamando a una espantosa criatura que andaba a trancos por Meadow Hill, y muchos le creyeron. Por supuesto, una noche de 1710 circuló una singular historia, cuando el viejo huraño y decrépito fue sepultado en una bóveda que había detrás de su propia casa, cerca de la lápida de pizarra sin inscripción. Nadie abrió la puerta que tenía acceso a la escalera del ático, sino que mantuvieron la casa como estaba, aterradora y desolada. Cuando se escuchaban ruidos en ella, la gente susurraba y temblaba, confiando en que la cerradura de la puerta del ático fuese bastante sólida. Luego, esa confianza se vio rota cuando el horror se exhibió en la casa parroquial y no dejó una sola persona viva o entera. Con el transcurrir de los años, las leyendas toman un carácter espectral, pero imagino que aquel ser debió morir, si era una criatura viva. Su recuerdo sigue siendo aterrador... tan aterrador que sigue siendo secreto.

Durante esta narración, mi amigo Manton se había ido quedando callado, y noté que mis palabras le habían impresionado. Al quedarme callado no se burló, sino que me interrogó muy serio sobre el niño que enloqueció en 1793 y que consideraba el héroe de mi historia. Le comenté que el chico había ido a aquella casa encantada y solitaria, seguramente impulsado por la curiosidad, ya que creía que las ventanas mantienen la imagen latente de quienes habían estado muy cerca a ellas. El chico fue a registrar las ventanas de aquel terrible desván motivado por las historias sobre los seres que se habían visto detrás de ellas y volvió gritando arrebatadamente.

Cuando terminé de hablar, Manton se quedó pensando, pero poco a poco regresó a su actitud analítica. Aceptó que tal vez había existido en realidad un monstruo espantoso, pero me insistió que ni siquiera la más terrible aberración de la naturaleza tiene por qué ser innombrable ni científicamente innombrable. Admiré su lucidez y constancia, pero agregué nuevas explicaciones que había recogido entre la gente de mayor edad. Leyendas sombrías, expliqué, vinculadas con visiones monstruosas más terribles que cuantas realidades orgánicas podían existir. Apariciones de formas inhumanas y gigantescas, a veces visibles y a veces solo perceptibles, que emergían en las noches sin luna y velaban la vieja casa, la cripta que había detrás y el sepulcro, junto a cuya losa ilegible había nacido un árbol. Si dichas apariciones habían asesinado o no personas, a cornadas o sofocándolas como se narraba en algunas leyendas no comprobadas, había causado una terrible huella y aún eran calladamente temidas por los más ancianos de la región, aunque las nuevas generaciones casi las habían olvidado... Quizá desaparezcan si se renuncia a pensar en ellas. Por otro lado, en lo referente a la estética, si las energías psíquicas de los seres humanos consistían en desviaciones grotescas, ¿qué representación congruente podría enunciar o mostrar una niebla deforme e infame como aquel espectro de malévola y caótica perversión, aquella morbosa maldición de la naturaleza? Formado por el pensamiento de una pesadilla híbrida, ¿no formará semejante horror gaseoso, con toda su repugnante verdad, lo intenso, y aterradoramente innombrable?

Definitivamente, se había hecho muy tarde. Un murciélago particularmente silencioso me rozó al pasar, y creo que a Manton también, porque aunque no lograba verle, distinguí que subía el brazo. Luego comentó:

—Pero, ¿esa casa de la ventana del ático sigue en pie y abandonada?

—Sí —contesté—. Yo la he visto.

—¿Y hallaste algo... en el ático o en algún otro lugar?

—Unos cuantos huesos debajo de la cornisa.

Tal vez, eso fue lo que vio el niño. Si era un niño sensible, no necesitó ver nada en el cristal de la ventana para perder la razón. Si los huesos eran del mismo ser, debió tratarse de una aberración histérica y trastornada. Habría sido sacrílego dejar semejantes huesos en el mundo, así que los metí en un saco y los trasladé a la tumba que hay detrás de la casa. Había una grieta por donde los pude arrojar al interior. No creas que fue una estupidez de mi parte... Quisiera que hubieses observado el cráneo. Tenía unos cuernos de unos 30 centímetros, en cambio, el rostro y la mandíbula eran iguales a la tuya o la mía.

Al fin pude observar que Manton, sentado muy cerca de mí, sentía un verdadero escalofrío. Pero su curiosidad no lo dejó atemorizar.

—¿Y los vidrios de las ventanas?

—Habían desaparecido todos. Una de las ventanas había perdido totalmente el marco, en las otras, no había rastro de cristal en las pequeñas aberturas romboidales. Eran de esa clase de ventanas de celosía que cayeron en desuso antes de 1700. Supongo que llevarían un siglo o más sin vidrio... quizá los rompiera el niño, si es que llegó hasta allí, la leyenda no lo dice.

Manton permaneció pensativo otra vez.

—Me gustaría ver esa casa, Carter. ¿Dónde se encuentra? Tanto si tiene cristales como si no, me gustaría echarle un vistazo. Y también al sepulcro donde colocaste aquellos huesos, también la otra sepultura sin inscripción... todo eso debe de ser un poco aterrador.

—La has estado observando... hasta que se ha hecho de noche.

Mi amigo se mostró más perturbado de lo que yo me esperaba. Ante esta sorpresa de honesta teatralidad, se alejó de mí neuróticamente y dejó escapar un alarido con una especie de ahogamiento que liberó su tensión reprimida. Fue un grito particular y mucho más terrible ya que fue contestado. Aún resonaba, cuando escuché un rumor en la oscuridad tenebrosa y observé que se abría una ventana de celosía en la antigua y maldita casa que estaba allí cerca. Y puesto que todos los marcos de ventana hacía tiempo que habían desaparecido, percibí que se trataba del espantoso marco de aquella siniestra ventana del desván.

Posteriormente, nos alcanzó una ráfaga de aire pestilente y helado procedente de la misma pavorosa dirección, seguida de un chillido penetrante que surgió junto a mí de aquella tumba agrietada de hombre y monstruo. Un segundo después, fui derribado del espantoso lugar donde me hallaba sentado por la fuerza infernal de un ente invisible de tamaño formidable, pero de naturaleza indeterminada. Caí cuan largo era en el suelo de ese terrible cementerio poblado de raíces, mientras del sepulcro salía un aullido jadeante y un aleteo. Y mi imaginación se valió de ellos para llenar la penumbra con hordas de seres parecidos a los deformes condenados de Milton. Se formó un remolino de viento helado y catastrófico y luego se oyó un sonido de ladrillos y escombros sueltos, pero, piadosamente, me desmayé antes de entender lo que sucedía.

Manton, aunque más pequeño que yo, es más fuerte. Abrimos los ojos casi al mismo tiempo, a pesar de que sus lesiones eran más graves. Nuestras camillas estaban juntas y en pocos minutos nos enteramos de que nos encontrábamos en el hospital de St. Mary. Las enfermeras se habían reunido a nuestro alrededor, con gran curiosidad, deseosas de ayudar a nuestra memoria, narrándonos cómo habíamos llegado hasta allí, y no tardamos en saber que un agricultor nos había hallado al mediodía en un campo solitario al otro lado de Meadow Hill, a un kilómetro del viejo cementerio, en un sitio donde se menciona que hubo un matadero en otros tiempos. Manton tenía dos grandes heridas en el pecho, así como algunos rasguños o arañazos menos graves en la espalda. Yo no estaba malherido, pero tenía el cuerpo lleno de morados y magulladuras de lo más extrañas, y también la huella de una pezuña resquebrajada. Estaba claro que Manton sabía más que yo, pero no les mencionó nada a los sorprendidos e impresionados médicos, hasta que le dijeron cuál era la naturaleza de nuestras heridas. Entonces comentó que habíamos sido atacados por un toro resabiado... aunque resultó muy difícil señalar e identificar al animal.

Cuando las enfermeras y los médicos se alejaron, le susurré una estremecida pregunta:

—¡Dios mío, Manton, ¿qué sucedió? Esas marcas... ¿ha sido eso?

Pero yo estaba demasiado turbado para alegrarme, cuando me respondió en voz baja algo que yo ya me suponía:

—No... no ha sido eso ni mucho menos. Estaba en todos lados... era una emulsión... un fango..., sin embargo tenía formas, mil formas espeluznantes imposibles de recordar. Tenía ojos... uno de ellos manchado. Era el abismo, el *maelström*, la repulsión final. Carter, ¡era lo innombrable!

El templo

Yo, Karl Heinrich Graf von Altberg-Ehrenstein, capitán de corbeta de la Armada Imperial Alemana y al mando del submarino *U-29*, el día 20 de agosto de 1917 lanzo esta botella y este informe en el océano Atlántico, en una ubicación que me es desconocida pero que probablemente ronda los 20° de latitud norte y los 35° de longitud oeste, donde mi nave reposa averiada en el fondo del océano. Hago esto porque es mi deseo dar a conocer a la luz pública ciertos hechos sorprendentes dado que probablemente no sobreviviré para dar estas noticias en persona, ya que las circunstancias que me rodean son tan amenazadoras como asombrosas e incluyen, no solo el fatal daño del *U-29*, sino inclusive el desmayo de mi férrea voluntad alemana en una forma de lo más funesta.

En la tarde del 18 de junio, tal y como informamos por radio al *U-61* que se dirigía a Kiel, disparamos al buque carguero británico Victory que navegaba de Nueva York a Liverpool, en latitud 45° 1' norte y longitud 28° 34' oeste, permitiendo a la tripulación embarcar en sus botes para lograr una buena filmación cuyo fin eran los archivos del almirantazgo. El barco se hundió de forma convenientemente teatral, a pique por la proa y con la popa alzándose sobre las aguas hasta que todo el casco se orientó perpendicularmente hacia el fondo del mar. Nuestra cámara no perdió detalle y lamento que una película tan buena no pueda llegar a Berlín. Después, hundimos a cañonazos los botes salvavidas y nos sumergimos.

Cuando emergimos, al atardecer, descubrimos el cuerpo de un marino en cubierta, aferrado de una manera muy curiosa a la barandilla. El pobre hombre era joven, bastante moreno y muy agraciado, seguramente era griego o italiano y, seguramente, tripulante del Victory. Sin duda, había buscado protección en la misma nave que se había visto obligada a destruir la suya. Una víctima más de la injusta y agresiva guerra que los malditos perros ingleses llevan a cabo contra la patria. Nuestros hombres lo registraron en busca de algo y encontraron en su bolsillo una pieza de marfil sumamente rara, tallada en forma de una joven cabeza coronada de laureles. El otro comandante, el teniente Klenze, se apoderó de ella pensando que aquello era algo muy antiguo y de gran valor artístico. Cómo había podido llegar a las manos de un insignificante marinero, era algo que ninguno de los dos podíamos figurar.

Al arrojar el cuerpo por la borda tuvieron lugar dos sucesos que perturbaron considerablemente a la tripulación. Los hombres le habían cerrado los ojos, pero, al separarlo de la barandilla estos se abrieron, y muchos sufrieron la extraña sensación de que miraban atentamente y en son de burla a Schmidt y Zimmer quienes se hallaban inclinados sobre el cadáver. El contra-maestre Müller, un hombre mayor, al que le habría ido mejor de no ser un supersticioso rufián alsaciano, se perturbó tanto por la impresión, que estuvo observando el cuerpo en el agua, y jura que tras sumergirse un poco, colocó los brazos en posición de nadador y se impulsó hacia el sur bajo las aguas. Tanto a Klenze como a mí nos molestaron esas muestras de campesina ignorancia y amonestamos severamente a los hombres, sobre todo a Müller.

Al día siguiente, debido al quebranto de varios miembros de la tripulación, se formó un verdadero problema. Evidentemente, estaban aquejados por algún tipo de tensión nerviosa causada por nuestro largo viaje y habían sufrido varias pesadillas. Algunos de ellos parecían confundidos y obnubilados y, tras comprobar que ninguno de ellos fingía su agotamiento, les relevé de sus funciones. El mar se hallaba bastante picado, así que nos sumergimos a una profundidad donde las olas nos resultaran un problema menor. Allí nos mantuvimos en una calma relativa, a pesar de la aparición de una misteriosa corriente de rumbo sur que no pudimos hallar en nuestras cartas. Los sollozos de los enfermos resultaban efectivamente fastidiosos, pero ya que no parecían desalentar al resto de la tripulación, evitamos tomar medidas drásticas. Teníamos la intención de continuar en aquella posición e interceptar al buque de línea *Dacia*, señalado en la información que recibimos de nuestros agentes en Nueva York.

Salimos a la superficie a primera hora de la tarde y descubrimos el mar menos agitado. El humo de un buque de guerra sobresalía en el horizonte norte, pero la distancia a la que nos encontrábamos y nuestra capacidad de inmersión nos mantenían seguros. Lo que más nos inquietaba eran las habladurías del contramaestre Müller, que se hacían más inconvenientes al caer la noche. Se hallaba en un detestable estado infantil y murmuraba acerca de visiones de cuerpos muertos flotando al otro lado de las ventanillas, cuerpos que le miraban fijamente y que él, a pesar de lo hinchados que estaban, podía reconocer por haberlos visto morir durante alguna de nuestras victoriosas proezas germánicas. Y decía que su jefe era el joven hallado y arrojado al mar. Era algo absurdo y anómalo, así que mandamos que le dieran unos cuantos latigazos y le pusimos grilletes a Müller. Los hombres no se mostraron muy de acuerdo con semejante castigo, pero la disciplina es fundamental. Inclusive, rechazamos la petición de una comisión encabezada por el marinero Zimmer, que solicitaba que la rara cabeza tallada en marfil fuera lanzada al mar.

El 20 de junio, los marineros Bohm y Schmidt, que habían caído enfermos el día antes, se volvieron locos furiosos. Lamenté que no hubiera ningún médico entre nuestros oficiales, ya que las vidas alemanas son preciosas, pero los constantes disparates de ambos marinos acerca de una espantosa maldición eran de lo más perjudicial para la disciplina, así que tuvimos que tomar una decisión severa. La tripulación aceptó este hecho de forma sombría, aunque eso pareció tranquilizar a Müller, que a partir de ese momento no volvió a dar problemas. Le liberamos por la tarde y en silencio volvió a sus labores.

La semana siguiente todos estuvimos muy nerviosos, esperando al *Dacia*. La tensión aumentó con la desaparición de Müller y de Zimmer, que sin duda se suicidaron víctimas de los terrores que parecían atormentarlos, aunque nadie los vio en el momento de saltar al mar. Yo me sentía relativamente aliviado de librarme de Müller, ya que hasta su silencio había afectado muy negativamente a la tripulación. Ahora, todos parecían dados a guardar silencio, como guardando secretos temores. Muchos estaban enfermos, pero ninguno estaba trastornado. El teniente Menze, crispado por la tensión, se alteraba ante cualquier nimiedad, como por ejemplo, un banco de delfines que rondaba en número cada vez mayor en torno al *U-29*, o por la creciente intensidad de esa corriente sur que no aparecía en ninguna de nuestras cartas.

Finalmente, se hizo evidente que se nos había escapado el Dacia por completo. Sucesos así no son extraños y nos sentíamos más complacidos que defraudados, ya que ahora se nos ordenaba volver a Wilhelmshaven. El mediodía del 28 de junio tomamos rumbo al noreste y pese a algún enredo bastante gracioso con la sorprendente masa de delfines, nos pusimos en marcha.

A las dos de la tarde, la explosión en la sala de máquinas nos tomó totalmente desprevenidos. No se había detectado ningún desperfecto en las máquinas y tampoco negligencia de los hombres, pero aun así, sin previo aviso, la nave se vio sacudida de punta a punta por una gran explosión. El teniente Klenze se dirigió hacia la sala de máquinas, encontrando que el depósito de combustible y la mayor parte de la maquinaria estaba destruida, asimismo los maquinistas Raabe y Schneider habían resultado muertos en el acto. En un instante nuestra situación se había vuelto extrema, ya que aunque los renovadores químicos estaban seguros, podíamos usar los aparatos para emerger y sumergirnos y abrir las escotillas mientras tuviéramos aire comprimido y batería, nos veíamos imposibilitados para propulsarnos o conducir el submarino. Buscar la salvación en los botes salvavidas significaba ponernos a nosotros mismos en manos de enemigos extremadamente resentidos contra nuestra fuerte nación alemana, y nuestra radio había estado fallándonos desde que, debido al tema del Victory, nos pusimos en contacto con otro *U-boat* de la Armada Imperial.

Desde la hora del accidente, hasta el 2 de julio, derivamos incesantemente hacia el sur sin hacer ningún plan ni encontrar nave alguna. Los delfines todavía rodeaban el *U-29*, una situación digna de narrar, habida cuenta de la distancia recorrida. En la mañana del 2 de julio vimos un buque de guerra que enarbolaba colores estadounidenses y los hombres se agitaron deseosos de rendirse. Al final, el teniente Klenze tuvo que usar su arma contra un marinero llamado Traube que incitaba a tal acto antialemán con especial entusiasmo. Eso calmó de momento a la tripulación y nos sumergimos sin ser vistos.

Durante la tarde siguiente, una gran bandada de aves marinas llegó desde el sur y el mar comenzó a tornarse peligroso. Cerramos las escotillas y esperamos los acontecimientos hasta entender que debíamos sumergirnos o morir entre las montañosas olas. La electricidad y la presión de aire disminuían, y tratábamos de evitar cualquier uso innecesario de nuestros muy escasos recursos mecánicos, pero en este caso no teníamos alternativa. No bajamos demasiado, y cuando el mar se calmó horas más tarde, decidimos emerger a la superficie. No obstante, aquí surgió un nuevo contratiempo, ya que la nave no respondió a nuestro objetivo, a pesar de todos los esfuerzos realizados por los mecánicos. Según crecía el pánico entre los hombres encerrados en esta prisión submarina, algunos de ellos comenzaron a murmurar contra la cabeza de marfil del teniente Klenze, pero los aplacó la visión de una pistola automática. Tuvimos ocupados, tanto como pudimos, a los pobres diablos hurgando entre la maquinaria, aunque sabíamos bien que todo eso era inútil.

Klenze y yo solíamos turnarnos para dormir, y durante mi periodo de sueño, el 4 de julio hacia las cinco de la mañana, se desató abiertamente el motín. Sospechando que estábamos perdidos, los seis cerdos marineros supervivientes estallaron violentamente en una ira maniaca motivada por nuestra negativa a rendirnos dos días antes al navío de guerra norteamericano, y se hundieron en un delirio de insultos y destrucción. Gruñían como los animales que eran y rompían, sin distinción, mobiliario e instrumental gritando insensateces sobre la maldición de la imagen de marfil y el joven moreno muerto que nos miraba y se alejaba nadando. El teniente Klenze parecía paralizado e incapaz de dar respuesta, que es lo que cabría esperar de un blando y afeminado oriundo del Rin. Acabé con los seis hombres, pues fue necesario, y me aseguré de que no sobreviviera ninguno.

Arrojamos los cuerpos a través de las escotillas dobles y nos quedamos solos en el *U-29*. Klenze parecía muy nervioso y bebía demasiado. Yo estaba dispuesto a seguir vivo tanto como fuera posible, empleando el generoso depósito de provisiones y el suministro químico de oxígeno, que no habían sufrido de las locuras de aquellos malditos puercos marineros. Nuestras agujas, barómetros y otros instrumentos de precisión estaban destruidos, por lo que de ahí en adelante cualquier cálculo sería un mero estimado, basado en nuestros cronómetros, almanaques y la deriva calculada a juzgar por algunos objetos que podíamos observar a través de las troneras o desde la torreta. Afortunadamente, teníamos baterías almacenadas capaces aún de largo uso, tanto para alumbrado interior como para emplear el foco exterior. A menudo barríamos con este alrededor de la nave, pero únicamente veíamos delfines nadando paralelos a nuestro propio rumbo a la deriva. Desde el punto de vista científico, yo me sentía interesado en aquellos delfines, ya que aunque el *Delphínus delphis* común es un cetáceo incapaz de sobrevivir sin aire, observé durante más de dos horas a uno de estos nadadores y no lo vi abandonar en ningún momento su inmersión.

Con el tiempo, observando la fauna y flora marinas, Klenze y yo llegamos a la conclusión de que seguíamos derivando hacia el sur, sumergiéndonos más y más. Leímos mucho al respecto en los libros que yo me había llevado conmigo para los ratos de ocio, sin embargo, no pude dejar de notar la escasa preparación científica de mi compañero. Su intelecto no era prusiano, sino dado a ilusiones y teorías sin valor. La cercanía de nuestra muerte le afectaba de forma curiosa y reiteradamente hablaba arrepentido sobre los hombres, mujeres y niños que había enviado a la muerte, olvidando que todo eso resultaba grande para alguien que sirve al estado alemán. Transcurrido un tiempo, comenzó a enloquecer notablemente, observando su imagen de marfil durante horas y maquinando fantásticas historias acerca de objetos perdidos y olvidados en el fondo del mar. A veces, como un experimento psicológico, yo provocaba esos desvaríos para escuchar sus infinitas citas poéticas y relatos sobre barcos hundidos. De veras lo sentía, porque detesto ver sufrir a un alemán, pero él no resultaba una buena compañía para morir. Por mi parte me sentía orgulloso, sabiendo que la patria honraría mi memoria y que mis hijos serían educados para ser hombres como yo.

El 9 de agosto vimos el suelo del océano y con el foco proyectamos un poderoso rayo de luz sobre él. Se trataba de una extensa planicie ondulada, cubierta en su mayor parte de algas y salpicado por las conchas de pequeños moluscos. Aquí y allá había objetos fangosos con formas inquietantes, rematados de algas e incrustados de percebes que Klenze supuso viejos buques hundidos. Algo lo trastornó, un pico de materia sólida sobresaliendo cerca de un metro del lecho del océano, con cerca de medio metro de ancho, lados planos y suaves superficies superiores que coincidían en un ángulo sumamente cerrado. Yo manifesté que aquel pico debía ser un afloramiento rocoso, pero Klenze creía haber observado tallas en su superficie. Tras un momento comenzó a temblar y alejó la vista como si tuviese miedo, aunque sin dar más explicación de que se sentía estupefacto ante las dimensiones, oscuridad, lejanía, antigüedad y misterio de los abismos oceánicos. Su mente estaba fatigada, pero yo soy siempre un alemán y no tardé en reconocer dos cosas: una, que el *U-29* aguantaba grandiosamente la presión del mar, y otra, que los peculiares delfines seguían alrededor nuestro, incluso a una profundidad donde la mayoría de los naturalistas suponen imposible la vida para organismos superiores. Parecía indudable que yo había sobrestimado nuestra profundidad, pero aun así estábamos lo bastante abajo como para que ese fenómeno resultara trascendente. Nuestra velocidad de deriva hacia el sur, según lo medía por el suelo del océano, era más o menos la calculada mediante los seres con los que nos habíamos cruzado en niveles superiores. A las tres y cuarto de la tarde del 12 de agosto, el pobre Klenze enloqueció totalmente. Había estado en la torreta usando el reflector, antes de precipitarse en la biblioteca donde yo estaba leyendo, y su rostro lo traicionó inmediatamente.

—¡Él nos llama! ¡Él nos llama! ¡Lo estoy oyendo! ¡Tenemos que acudir! —mientras hablaba cogió de la mesa la imagen de marfil, se la metió en el bolsillo y agarró mi brazo en un intento por arrastrarme escaleras arriba hasta la cubierta. En un momento vislumbré que pretendía abrir la escotilla y lanzarse en mi compañía al exterior, una incongruencia suicida y asesina para la que yo no estaba prevenido. Cuando retrocedí y traté de tranquilizarlo se volvió aún más violento.

—Vamos ahora... no esperemos más, es mejor arrepentirse y obtener el perdón que retar y ser condenado.

Entonces yo abandoné el intento de calmarlo y lo acusé de estar loco... loco de atar. Pero él se mantuvo imperturbable y decía:

—¡Si estoy loco, estoy de suerte! ¡Qué los dioses se compadezcan del hombre que en su obstinación permanezca cuerdo hasta el fin! ¡Ven y enloquece ahora que él aún nos llama con benevolencia!

Aquel estallido pareció calmar una presión en su mente, ya que al concluir se tornó más comedido, pidiéndome que lo dejase ir solo en caso de no querer acompañarle. Mi obligación estaba clara. Él era un alemán, pero tan solo un plebeyo oriundo del Rin, y ahora se había transformado en un maniático potencialmente peligroso. Aprobando su petición suicida me libraría en el acto de alguien que era más bien una amenaza que una compañía. Le solicité que me cediera la imagen de marfil antes de irse, pero tal petición despertó en él una hilaridad tan excesiva que no me atreví a insistir. Entonces le pregunté si deseaba dejar alguna memoria o un mechón de cabello para su familia en Alemania, por si se daba el caso de que yo fuera rescatado, pero de nuevo estalló en esa extraña risa. Así que mientras él subía la escalerilla, yo asistí a las palancas y aguardando el tiempo necesario, accioné la maquina que lo envió a la muerte.

Asegurándome luego de que no se hallaba a bordo, dirigí el foco alrededor del submarino tratando de lograr un último vistazo, ya que deseaba comprobar si la presión del agua lo había aplastado, tal y como debiera haber ocurrido teóricamente, o si por el contrario no había sido afectado su cuerpo, tal y como sucedía con aquellos sorprendentes delfines. De todos modos, no logré localizar a mi finado compañero ya que los delfines se apiñaban en gran número alrededor de la torreta.

Esa tarde lamenté no haber cogido secretamente la imagen de marfil del bolsillo del pobre Klenze, en el momento en que me dejó, ya que el recuerdo de aquella me fascinaba. Aun cuando no soy de temperamento artístico no podía olvidar la hermosa cabeza juvenil con su corona de hojas. Lamentaba bastante no tener con quien conversar. Klenze, aun no estando a mi altura intelectual, era mucho mejor que nada. Esa noche no dormí bien, y me preguntaba cuándo llegaría el fin con exactitud. Era obvio que tenía muy pocas oportunidades de ser rescatado.

Al día siguiente subí a la torreta y comencé la observación de costumbre con el foco. Hacia el norte el panorama era parecido al de los cuatro días que habíamos tardado en llegar hasta el fondo, pero observé que la deriva del *U-29* resultaba menos rápida. Según paseaba el rayo por el sur, noté que el suelo oceánico a proa mostraba un pronunciado declive y en algunos sitios surgían bloques de piedra curiosamente regulares, dispuestos como manifestando algún tipo de planificación. La nave no bajaba paralela al fondo del océano, por lo que me vi obligado a acomodar el foco para lograr un haz de luz lo más estrecho posible. Debido a la brusquedad del cambio se desconectó un cable, lo que obligó a una pausa de varios minutos mientras lo reparaba, pero finalmente la luz se proyectó, iluminando el valle marino que tenía debajo.

No soy proclive a emociones de ningún tipo, pero mi asombro fue considerable al observar lo que había revelado el resplandor eléctrico. Sin embargo, estando empapado de la mejor *Kultur* prusiana no debía asombrarme, ya que la geología y la tradición mencionan las tremendas conmociones en áreas oceánicas y continentales. Lo que yo vi resultaba una espaciosa y elaborada visión de edificios en ruinas, todos erigidos en una inclasificable y magnífica arquitectura y en diferentes estados de conservación. La mayor parte parecía de mármol que brillaba blanquecino bajo los rayos del proyector, y el plano general resultaba el de una inmensa ciudad al fondo de un angosto valle, con infinito número de templos y villas diseminadas por las pendientes laderas. Los techos estaban caídos y las columnas rotas, pero aún mantenían un aire de esplendor inmemorialmente antiguo que nada podía velar.

Enfrentado finalmente con esa Atlántida que yo, previamente, consideraba un mito, ahora era el más ansioso de los exploradores. Alguna vez hubo un río en el fondo de ese valle, ya que mientras estudiaba con más detenimiento el lugar, pude ver ruinas de puentes y diques de piedra y mármol, así como terrazas y muros que una vez fueran gratos y verdes. Me volví casi tan tonto en mi entusiasmo, como el pobre Klenze, y tardé un rato en notar que la corriente de rumbo sur había cesado al fin, permitiendo al *U-29* descender lentamente sobre la ciudad submarina, tal y como un aeroplano desciende sobre una ciudad en las tierras emergidas. También tardé en darme cuenta de que el banco de sorprendentes delfines se había esfumado.

En un par de horas la nave fue a descansar sobre un espacio pavimentado cerca de la pared rocosa del valle. A un lado podía observar toda la ciudad bajando desde la plaza a la antigua orilla del río. Al otro lado, en una impresionante proximidad, descubrí la fachada opulentamente ornamentada y en perfecto estado de conservación de un gran edificio, sin duda un templo tallado en roca viva. Tan solo puedo suponer sobre la factura natural de esa titánica construcción. La fachada, de colosales dimensiones, cubre aparentemente una gran abertura, ya que sus ventanas son muchísimas y están dispuestas por todos lados. En el centro se abre un gran portal, al que se llega mediante una imponente escalera, y se halla rodeado por delicadas tallas, semejantes a escenas de festines en relieve. Ante ellos se hallan grandes columnas y frisos, decorados con esculturas de hermosura inexplicable, representando obviamente idílicas escenas pastorales y marchas de sacerdotes y sacerdotisas llevando extraños objetos de ceremonias en honor a un dios resplandeciente. El arte era de la más asombrosa perfección, concepciones impregnadas de helenismo aunque curiosamente particulares. Emanaban una sensación de antigüedad tremenda, como si se tratase del más lejano y no del más cercano precedente del arte griego. No tengo ninguna duda de que cada detalle de este inmenso edificio fue labrado en la roca viva de nuestro planeta en la ladera de la colina. Evidentemente, era parte de la muralla del valle, aunque cómo pudo ser el inmenso interior excavado alguna vez no logro ni imaginarlo. Quizá su centro estuviese formado por una cueva o por una serie de ellas. Ni la edad ni su estado sumergido han dañado la prístina belleza de este impresionante templo, ya que de un templo debe tratarse, y hoy tras miles de años reposa con todo su brillo inmaculado en la noche y el silencio sin fin del abismo oceánico.

No puedo determinar la cantidad de horas empleadas en la observación de esa ciudad sumergida con sus edificios, arcos, estatuas, puentes, y el colosal templo colmado de belleza y misterio. Aunque sabía de mi próxima muerte, me consumía la curiosidad y paseaba rodeando la luz del proyector en anhelante búsqueda. El haz de luz me permitió llegar a conocer infinidad de detalles, pero no pudo mostrarme nada más allá de la puerta abierta de entrada al templo tallado en la roca. Al cabo de un tiempo corté la corriente, a sabiendas de que necesitaba ahorrar energía. Los rayos ahora resultaban visiblemente más débiles de lo que fueran durante las semanas de deriva. Mi deseo de explorar los misterios acuáticos crecía, como avivado por la progresiva atenuación de la luz. ¡Yo, un alemán, debía ser el primero en adentrarme en aquellos pasajes olvidados por el tiempo!

Saqué y revisé una escafandra de profundidad, realizada en metal articulado, y probé la luz portátil y el generador de aire. Aunque resultaría muy problemático manejar a solas las dobles escotillas, me creía capaz de salvar cualquier obstáculo y de caminar real y personalmente por la ciudad muerta, gracias a mi capacidad científica.

El 16 de agosto hice una salida del *U-29* y con dificultad me abrí paso a través de las calles llenas de ruinas y lodo hacia el antiguo río. No encontré esqueletos ni restos humanos, pero recogí un tesoro de saber arqueológico formado por esculturas y monedas. De esto no puedo decir nada ahora, excepto para proclamar mi recelo ante una cultura que se hallaba en la cima de la gloria cuando los cavernícolas habitaban Europa y el Nilo corría salvaje hacia el mar. Otros, con ayuda de este manuscrito, si finalmente llega a ser encontrado, podrán descubrir misterios que yo tan solo alcanzo a imaginar. Regresé a la nave cuando mis baterías eléctricas comenzaron a debilitarse, resuelto a examinar el templo de piedra al día siguiente.

El 17 de agosto, cuando mi deseo de penetrar en el misterio del templo se hacía más y más apremiante, sufrí una gran decepción, ya que descubrí que los equipos necesarios para recargar la luz portátil habían sido destruidos durante el motín de aquellos cerdos en julio. Mi indignación no alcanzó límites, aunque mi sensatez alemana me impedía aventurarme sin recursos en una cueva totalmente a oscuras que podía ser la madriguera de cualquier indescriptible monstruo marino o un laberinto de pasajes de entre cuyos recodos nunca lograría salir. Todo aquello que podía hacer era volver el vacilante foco del *U-29* y bajo su luz subir los peldaños del templo y estudiar las tallas exteriores. El haz de luz penetraba por la puerta en ángulo ascendente y yo me asomé esperando divisar algo, pero todo fue en vano. Ni siquiera el techo era visible y aunque subí un peldaño o dos hacia el interior tras tantear el suelo con un bastón, no me atreví a continuar. Además, sentí esa emoción llamada miedo por primera vez en mi vida. Comencé a entender cómo se habían producido algunos de los estados de ánimo del pobre Klenze, ya que mientras el templo parecía llamarme más y más, empecé a temer sus líquidos abismos con creciente y ciego terror. De regreso al submarino, apagué las luces y me senté a pensar en la oscuridad. Debía conservar ahora la electricidad para las emergencias.

El sábado 18 estuve en total oscuridad, inquieto por pensamientos y recuerdos que amenazaban con derrotar mi voluntad germánica. Klenze había enloquecido y había muerto antes de alcanzar este siniestro resto de un pasado inconcebiblemente remoto y me había pedido que me fuese con él. ¿Había, en efecto, preservado el Destino mi cordura solo para llevarme irremediablemente a un final más temible e impresionante de lo que cualquier hombre pudiera soñar? Ciertamente mis nervios estaban sometidos a una gran presión y yo tenía que liberarme de esos temores propios de un hombre débil.

No pude dormir durante la noche del sábado y encendí las luces sin pensar en el porvenir. Resultaba lamentable que la electricidad no fuese a durar tanto como el aire y los suministros. Retomé mis ideas sobre el suicidio y revisé mi pistola automática. Hacia la mañana debí quedarme dormido con las luces encendidas ya que cuando desperté en la oscuridad fue para encontrarme con las baterías totalmente agotadas. Prendí varias cerillas, una tras otra, y lamenté abatido el descuido que me había llevado a malgastar las pocas velas que llevábamos. Tras apagarse la última vela que me atreví a utilizar, me senté sin luces en completa quietud. Mientras pensaba sobre el inevitable final, mi mente regresaba a los sucesos previos y me di cuenta de algo hasta ahora inadvertido que hubiera hecho temblar a un hombre más blandengue y supersticioso. La cabeza del dios resplandeciente de las esculturas del templo de piedra es la misma cabeza que la pieza tallada en marfil que tenía el marinero recogido en el mar y que el pobre Klenze se llevó de vuelta consigo al mar.

Me sentí un poco sacudido ante tal coincidencia, pero no aterrorizado. Tan solo un pensador de inferior categoría se adelanta a explicar lo único y lo complejo mediante el primitivo atajo hacia lo sobrenatural. La coincidencia resultaba muy rara, pero yo estaba demasiado formado en el raciocinio como para unir hechos que no admitían un nexo lógico, o para asociar de alguna asombrosa manera los funestos sucesos que me habían llevado desde la cuestión del *Victory* hasta mi situación actual. Sabiéndome necesitado de sueño, tomé un sedante y me aseguré un poco más de sueño. Mi estado nervioso quedó en evidencia en mis sueños, ya que creí oír gritos de gente ahogándose y ver rostros de muertos apretados contra las aberturas de la nave. Y entre todos esos rostros se hallaba el semblante vivo y burlón del joven de la imagen de marfil.

Debo cuidar las anotaciones que registran mi amanecer de hoy, ya que estoy perturbado y debe haber gran cantidad de alucinación entremezclada con la realidad. Mi caso resulta de lo más interesante desde el punto de vista psicológico y lamento no poder ser sujeto a estudio por parte de la autoridad alemana competente. Al abrir los ojos mi primera impresión fue la de un imbatible deseo de visitar el templo de piedra, un apetito que crecía a cada instante, aunque yo trataba de resistirme instintivamente mediante las sensaciones de miedo que obraban en contra. Más tarde, tuve la impresión de ver una luz en medio de aquella oscuridad motivada por las baterías consumidas, y creí observar una especie de luminosidad fosforescente en el agua a través del pórtico que se abría hacia el templo.

Eso despertó mi curiosidad, ya que yo no conocía ningún organismo abisal capaz de emitir tal luminiscencia. Pero antes de lograr investigar me llegó una tercera impresión que, a causa de su desatino, me provoca serias dudas sobre la integridad que cualquier cosa que puedan registrar mis sentidos. Era una ilusión de aura, una sensación de sonidos rítmicos y melodiosos, como una especie de canto o himno coral salvaje, pero agradable. Seguro de mi trastorno psicológico y nervioso, encendí algunas cerillas y tomé una exorbitante cantidad de solución de bromuro sódico, que pareció relajarme hasta el punto de eliminar la ilusión de sonido. Pero la fosforescencia persistía y tuve dificultades para contener el infantil impulso de acercarme a la ventanilla y buscar su fuente. Resultaba pasmosamente real y pronto pude descubrir con su ayuda los objetos conocidos que me rodeaban, así como el vaso vacío del bromuro sódico, del que no tenía una previa impresión visual ni idea de su actual posición. Este último hecho me hizo reflexionar y crucé la estancia para tocar el vaso. En efecto se hallaba en el lugar donde me parecía verlo. Ahora, ya sabía que la luz era lo bastante real, o parte de una alucinación tan fija y persistente, que no podía esperar a que desapareciera, así que abandonando todas mis dudas subí a la torreta para buscar la fuente luminosa. ¿Sería quizá otro *U-boat*, que me brindaba una posibilidad de rescate?

Es comprensible que el lector no acepte nada de lo que sigue como una verdad ecuánime, ya que los hechos suponen una violación de la ley natural, siendo esencialmente creaciones subjetivas e irreales de mi perturbada mente. Cuando llegué hasta la torreta, descubrí que el mar estaba en un estado muy lejano a la luminosidad que yo esperaba.

En las cercanías no había fosforescencia animal o vegetal y la ciudad, bajando hasta el río, resultaba invisible en la oscuridad. Lo que observé no era espectacular, ni grotesco o terrorífico, pero espantó el último rastro de confianza en mi propia razón, ya que la puerta del templo submarino abierto en la colina rocosa se veía brillantemente iluminada con un resplandor tembloroso, como el de una gran llama ceremonial encendida en sus abismos.

Los hechos posteriores resultan caóticos. Mientras observaba las puertas y ventanas tan extraordinariamente iluminadas, comencé a sufrir las más extrañas visiones. Visiones tan extravagantes que no me atrevo ni a narrarlas. Creí distinguir objetos en el templo —tanto estáticos como en movimiento— y me pareció escuchar de nuevo el canto irreal que sonaba a mi alrededor al despertar. Y por encima de todo se levantaban pensamientos e imágenes centrados en el joven del mar y la imagen de marfil cuya talla se veía duplicada en los frisos y columnas del templo que tenía delante de mis ojos. Pensé en el pobre Klenze, y me pregunté si su cuerpo reposaría con la imagen que se llevó al mar. Él me había advertido contra algo y yo no le había prestado ninguna atención... ya que era un palurdo oriundo del Rin que enloquecía ante problemas que un prusiano era capaz de enfrentar sin dificultad.

El resto es muy simple. Mi impulso de ir y entrar en el templo se ha convertido ahora en una orden imperiosa e inexplicable que ya no puedo ignorar. Mi propia voluntad germánica no basta ya para controlar mis acciones, y la elección de ahora en adelante, será posible tan solo en temas menores. Tal demencia fue la que condujo a Menze a la muerte, acudiendo a cabeza descubierta y sin protección al océano, pero yo soy un prusiano y un hombre cabal, y hasta el fin apelaré a la poca voluntad que me queda. Al comprender que debía salir, preparé escafandra, casco y generador de aire para un uso inmediato y comencé a escribir esta crónica apresurada con la esperanza de que algún día pueda llegar al mundo. Guardaré el manuscrito en una botella y la confiaré al mar al salir para siempre del *U-29*.

Ya no tengo miedo de nada, ni siquiera de los augurios del enloquecido Klenze. Lo que he visto no puede ser verdadero y sé que esta perturbación de mi propia voluntad tan solo puede llevarme a la muerte por asfixia una vez se me agote el aire. La luz del templo es una completa ilusión y moriré tranquilamente, como un alemán, en las oscuras y olvidadas profundidades. Esa risa diabólica que escucho mientras escribo proviene únicamente de mi propia mente debilitada. Así que me colocaré cuidadosamente la escafandra y ascenderé determinado los peldaños que transportan a ese santuario primigenio, a ese silencioso misterio de aguas desconocidas y periodos olvidados.

Él

Lo conocí una noche de insomnio, cuando paseaba desesperadamente, tratando de proteger mi alma y mis visiones. Mi viaje a Nueva York había sido un error, porque al ir en busca del prodigio y de la inspiración en los hormigueantes laberintos de calles antiguas que ondulan infinitamente desde patios y plazas y muelles olvidados hasta patios y plazas y muelles olvidados también, y en las gigantescas torres y cumbres que se levantan negras y babilónicas bajo infinitas lunas menguantes, no había hallado más que una impresión de horror y de ahogo que amenazaba con someterme, inmovilizarme y aniquilarme.

El desengaño había sido progresivo. Cuando llegué por primea vez a la ciudad, la vi al oscurecer desde un puente, majestuosa encima de las aguas, sus extraordinarias cúspides y pirámides levantándose delicadamente, como flores entre lagos de neblina violeta, para jugar con las nubes iluminadas y las estrellas de la tarde. Luego se iluminó, ventana tras ventana, por sobre de las vibrantes corrientes donde había lámparas que cabeceaban y se resbalaban y unos cuernos penetrantes emitían sonidos espectrales, y ella misma se transformó en un cielo estrellado de sueños, colmada de música encantadora, e identificándose con las maravillas de Carcassonne y Samarcanda y El Dorado y con todas las metrópolis famosas y míticas. Poco después, me mostraron esos rincones anticuados tan ajenos a mi fantasía, angostos y torcidos callejones y pasadizos donde pestañeaban las fachadas de rojo ladrillo georgiano con sus desvanes de pequeños cristales sobre pórticos con columnas que en otros tiempos vieron brillantes sillas de mano y decoradas carrozas, y al descubrir en mi primer entusiasmo, todas estas cosas hacía ya tiempo deseadas, creí haber hallado, efectivamente, las fortunas que con el tiempo me convertirían en un poeta.

Pero el éxito y la felicidad no iban a llegar hasta mí. La brillante luz del día reveló tan solo suciedad, perniciosa elefantiasis de piedra que crecía y se extendía, allí donde la luna había puesto su hechizo y su viejo encanto y las muchedumbres de personas que en tribus pululaban por las calles estaban formadas por regordetes y oscurecidos extranjeros de rostro duro y ojos estrechos, extranjeros maliciosos, sin sueños ni semejanzas con el paisaje a su alrededor y que nunca tendrían nada que ver con un hombre de ojos azules del viejo pueblo que lleva las verdes calles, y los limpios y blancos campanarios de las villas de Nueva Inglaterra, en su corazón. Así, que en lugar de la musa poética que había anhelado, me llegó solo una oscuridad estremecedora y una soledad inexpresable y entendí al fin la espantosa realidad que nadie se había atrevido jamás a mencionar —el vergonzoso secreto de los secretos—, que esta ciudad levantada en piedra y estridencias no es una prolongación sensitiva del viejo Nueva York, como Londres lo es del viejo Londres y París del viejo París, sino que está completamente muerta o con su cuerpo incorrectamente embalsamado estaba viva. Tan pronto como tuve esta revelación, dejé de dormir tranquilo, sin embargo, recuperé cierta resignada tranquilidad cuando, poco a poco, fui tomando el hábito de no salir a la calle durante el día y hacerlo solo durante noche, cuando la oscuridad demanda lo poco del pasado que aún sobrevive de manera fantasmal y los antiguos pórticos blancos recuerdan las figuras musculosas que los cruzaron en otro tiempo. Con esta especie de alivio escribí algunos poemas y hasta contuve mis deseos de volver con los míos, para no dar la impresión de que regresaba sumergido en un terrible fracaso.

Entonces, durante uno de estos paseos nocturnos, conocí al hombre. Fue en un patio sombrío y escondido del barrio de Greenwich, donde me había situado en mi ignorancia, ya que había oído mencionar que aquel lugar era el hogar natural de los poetas y los artistas. En efecto, me encantaron las antiguas callejuelas y las imprevistas plazoletas y patios, y cuando hallé que los poetas y los artistas eran unos escandalosos presumidos cuya originalidad es toda falsa y cuyas existencias son la negación de toda la belleza pura que es la poesía y el arte, seguí habitando allí por amor a esas respetables cosas. Las imaginaba como fueron al inicio, cuando Greenwich era un vecindario apacible aún no absorbido por la ciudad, y en las horas anteriores al amanecer, cuando todos los trasnochadores se habían ocultado, solía pasear a solas por los misteriosos rincones y profundizar sobre los impenetrables secretos que las generaciones debieron ocultar allí. Esto me mantenía el alma viva y me otorgaba algunos de esos sueños y visiones por los que suspiraba el poeta que había en lo más profundo de mí. El hombre me afrontó hacia las dos una cubierta madrugada de agosto, cuando vagaba yo por una serie de patios independientes, ahora asequibles solo por unos oscuros pasajes que cruzaban los edificios que se atravesaban, aunque en otro momento formaron parte de una trama continua de pintorescas calles. Había oído mencionar esos patios ligeramente y advertí que no debían figurar hoy en ningún plano, pero el hecho de que hubieran sido relegados los hacía más atractivos para mí, de manera que los buscaba con reiterado interés. Ahora que los había hallado mi agitación aumentó aún más, pues su distribución señalaba de alguna manera que, tal vez, estos eran solo unos pocos de un complejo más amplio, de duplicados envueltos entre altas y lisas paredes y desiertas viviendas traseras, u ocultos y sin luces detrás de algún arco, respetados por las gentuzas de lenguas extranjeras y protegidos por sigilosos y cautelosos artistas cuyos trabajos no invitan a la publicidad a la luz del día.

Me habló, sin que yo le hubiera dado fundamento para hacerlo, al advertir mi actitud y el interés con que observaba las puertas con aldabas localizadas en lo alto de las escaleras con barandilla de hierro, alumbrándome el rostro el pálido resplandor que emergía de los dinteles ornamentales. El suyo quedaba en la sombra y usaba un sombrero de ala ancha que en cierta manera combinaba perfectamente con la vieja capa que lucía, pero me sentí ligeramente intranquilo aun antes de que pronunciara palabra. Su figura era muy delgada —de una delgadez casi cadavérica— y su voz resultó ser extraordinariamente delicada y cavernosa aunque no particularmente profunda. Mencionó que me había estado vigilando durante algunos de mis paseos y había apreciado que amaba como él las muestras de tiempos pasados. ¿No me gustaría que alguien muy versado me guiara en estas búsquedas y con una información sobre dichos lugares mucho más extensa que la que un recién llegado podía conseguir?

Mientras hablaba, vi ligeramente su perfil bajo la luz amarillenta de una ventana solitaria que brillaba en un desván. Era un porte noble, incluso espléndido, longevo y mostraba los rasgos distintivos de un linaje y elegancia poco común en esa época y lugar. Sin embargo, tenía cierta disposición que me producía inquietud casi en la misma medida en que me cautivaba su fisonomía —tal vez era demasiado pálido o contrastaba excesivamente con la ciudad— para que yo me sintiera cómodo o a gusto. Sin embargo lo seguí, pues, en aquellos días aburridos, mi exploración de antiguas bellezas y misterios era lo único que conservaba mi alma viva y me parecía un extraño favor del destino encontrarme con alguien cuyas expediciones parecían haber llegado mucho más lejos que las mías. Ocurrió algo en la noche que forzó al hombre de la capa a mantener silencio y durante una extensa hora me guio sin conversaciones superfluas, haciendo tan solo breves acotaciones sobre nombres antiguos, fechas y transformaciones e invitándome a caminar con un amplio gesto cuando nos adentrábamos por angostas calles. Cruzamos de puntillas algunos recorridos, saltamos alguna pared de ladrillo, hasta que penetramos a gatas por un pasaje de piedra bajo y arqueado, cuya enorme longitud y sinuosas revueltas borraron finalmente las referencias de ubicación geográfica que yo había procurado mantener hasta ahora. Las cosas que vimos eran muy antiguas y extraordinarias, o al menos lo parecían, iluminadas por los breves rayos de luz que nos las hacían evidentes, jamás olvidaré las fluctuantes columnas góticas, los apoyos estriados y los postes de cercado hechos de hierro fundido y rematados con vasijas, las ventanas de grandes dinteles y decorativos listones en abanico cada vez más extraños y originales, a medida que nos introducíamos en este infinito laberinto de abandonada antigüedad.

No nos encontramos con nadie, y a medida que transcurría el tiempo, las ventanas iluminadas se fueron haciendo más raras. Los faroles de las calles que vimos al comienzo eran de aceite y tenían la antigua forma de rombo. Luego observé que algunos eran de vela, por último, después de cruzar a oscuras un horrible patio, por donde mi guía tuvo que llevarme con su mano enguantada a través de la más absoluta oscuridad hasta una estrecha puerta de madera abierta en un alto muro, alcanzamos un callejón iluminado solo por faroles distanciados cada siete casas, faroles de lata increíblemente antiguos, con la parte superior cónica y orificios a los lados. El callejón subía por una pendiente empinada —más empinada de lo que yo habría imaginado en esta parte de Nueva York—, y al final estaba bloqueado por el muro forrado de hiedra de una propiedad particular, detrás del cual pude divisar una pálida cúpula y las copas de unos árboles que se mecían contra la leve claridad del cielo. En este muro había una puerta baja, arqueada, de oscuro roble y tachonada con clavos, que el hombre abrió con una pesada llave. Invitándome a entrar, inicié la marcha en medio de la más absoluta oscuridad, en lo que parecía ser un camino de grava y finalmente ascendimos por una escalera de piedra hasta la puerta de la casa, que él también abrió para mí.

Entramos, y al hacerlo sentí que iba a desvanecerme motivado al intenso olor a aire estancado que nos recibió y que debía de ser resultado de infinitos siglos de descomposición. Mi anfitrión pareció no darse cuenta y yo no dije nada por cortesía. Subimos por una escalera que dibujaba una curva, atravesamos un salón y luego pasamos a una habitación cuya puerta escuché que cerraba con llave detrás de nosotros. Luego le vi abrir las cortinas de tres ventanas cuyos pequeños vidrios eran apenas perceptibles sobre el cielo que empezaba a clarear. A continuación fue a la chimenea, golpeó el pedernal con un eslabón, prendió dos velas de un candelabro de doce brazos y me indicó que hablara bajo. Con esta frágil iluminación descubrí que nos hallábamos en una amplia biblioteca, bien amueblada y revestida en madera que correspondía al primer cuarto del siglo XVIII, con magníficos frontones en la entrada, una sublime cornisa dórica y una chimenea con estupendos relieves, rematados con capiteles y vasijas. Sobre las estanterías, a lo largo de las paredes, había a intervalos retratos de familia de excelente factura, todos empañados y sumergidos en una misteriosa oscuridad y con un indiscutible parecido con el hombre que ahora me señalaba una butaca junto a una hermosa mesa Chippendale. Antes de sentarse al otro lado, frente a mí, mi anfitrión se paralizó un momento como con embarazo, luego, quitándose lentamente los guantes, el sombrero y la capa, se manifestó teatralmente con un traje definitivamente del período georgiano, desde la coleta y la chorrera del cuello, a los calzones, calzas de seda y zapatos con hebilla en los que yo no me había fijado antes. Luego, sentándose lentamente en una silla con espaldar en forma de lira, empezó a observarme con atención.

Sin el sombrero, cobró un aspecto de exagerada vejez hasta entonces apenas notable, y me pregunté si no sería esta sorpresiva huella de particular longevidad una de las razones de mi desasosiego. Cuando habló por fin, percibí que su voz suave y profunda, cuidadosamente atenuada, temblaba con cierta frecuencia. A veces me costaba entenderle, mientras le oía con una sensación de extrañeza y con una inconfesada alarma que se acrecentaba a cada instante.

—Señor, usted está —comenzó a decir mi anfitrión— ante un hombre de hábitos muy excéntricos, que no necesita justificar su vestuario ante una persona de su ingenio e inclinaciones. Pensando en tiempos mejores, no he tenido el menor recelo en estudiar sus hábitos y en adoptar su vestimenta y sus modales, capricho que no insulta a nadie si se efectúa sin ostentación. He tenido la buena suerte de conservar el patio rural de mis antepasados, aunque ha quedado arrinconado por dos ciudades, primero por Greenwich, que llegó hasta aquí después de 1800, y luego por Nueva York, que se le agregó hacia 1830. Tenía muchas razones para conservar este sitio íntimamente unido a mi familia, y en ningún momento me he olvidado de tales obligaciones. El dueño que tomó posesión de él en 1768, estudió ciertas artes e hizo algunos descubrimientos, todos ellos vinculados con influjos que habitaban en este preciso pedazo de terreno y que eran dignos de la más cuidadosa custodia. Ahora deseo enseñarle algunos efectos particulares de estas artes y descubrimientos, bajo el más minucioso secreto. Creo que puedo confiar lo bastante de mi percepción de los hombres como para notar que cuento con su atención y su discreción.

Calló un instante, y yo no pude hacer nada más que afirmar con un movimiento de cabeza. He dicho que me sentía inquieto, sin embargo, para mí no había nada más demoledor que el mundo material y diurno de Nueva York, y tanto si este caballero era un excéntrico inofensivo, o un experto en artes peligrosas, no tenía más alternativa que seguirlo y compensar mis deseos de asombro, fuera lo que fuese lo que él tuviera que mostrarme. Así que puse atención.

—A mi antepasado —continuó en voz baja— le parecía que había algunas cualidades particulares en la voluntad del ser humano, cualidades de un poder sorprendente, no solo sobre las acciones del propio yo y del de los demás, sino sobre toda clase de elemento y sustancia de la naturaleza, y sobre muchos elementos y dimensiones imaginados más universales que la propia naturaleza. ¿Puedo decir que se reía de la virtud de cosas tan grandes como el espacio y el tiempo, y que dio raros usos a los ritos de ciertos pieles rojas mestizos que antiguamente solían establecerse en esta colina? Estos indígenas se molestaron mucho cuando se construyó el edificio y se tornaron desagradablemente tenaces en su afán de visitar sus jardines durante la luna llena. Durante años entraron disimuladamente, saltando la tapia cada mes cuando podían, para realizar ciertas ceremonias secretas. Luego, en el 68, el nuevo dueño les sorprendió *in fraganti*, y se quedó inmovilizado ante lo que vio. A partir de momento negoció con ellos, permitiéndoles el libre paso a sus terrenos a cambio de que le confiasen el sentido profundo de sus ritos, y se enteró entonces de que gran parte de esa costumbre la habían adquirido de sus antepasados pieles rojas, y de un viejo holandés de la época de los Estados Generales. Y, ¡maldito sea!, supongo que el propietario debió darles a beber un ron espantosamente infernal —intencionadamente o no— y una semana después de conocer el secreto era el único hombre vivo que lo conocía. Ahora, usted, señor, es el primer extraño que sabe de la existencia de tal secreto, y que me parta un rayo si hubiese osado yo a hablar de esos poderes... de no haberle notado tan fuertemente interesado en las cosas del pasado.

Me alteré al notar al hombre cada vez más elocuente, y al ver que su forma de hablar era profundamente anticuada. Prosiguió:

—Pero sepa, señor, que aquello que el propietario llegó a aprender de aquellos indígenas mestizos era solo una ínfima parte de lo que llegó a saber después. No en vano había estudiado en Oxford y había hecho tratos con un viejo químico y astrólogo de París. En resumidas cuentas, aprendió que el mundo no era sino el humo de nuestras mentes, que estaba fuera del alcance del pueblo, pero los sabios podían emitir o inhalarlo como una bocanada de antiguo tabaco de Virginia. Aquello que deseamos, podemos hacerlo surgir a nuestro alrededor, y lo que no, podemos hacerlo desaparecer. No aspiro que cuanto diga sea cierto en todas las formas, sin embargo, es lo bastante acertado como para otorgar un admirable espectáculo de cuando en cuando. Supongo que le encantaría poseer, de ciertas épocas, una visión más clara de la que puede brindarle su imaginación, así que le ruego que aparte cualquier sospecha ante lo que me propongo mostrarle. Acérquese a la ventana y no hable.

A continuación, mi anfitrión me tomó de la mano y me orientó hacia una de las dos ventanas que se abrían a un lado de la larga y fétida sala, y el contacto de su mano me transmitió un frío que me circuló por todo el cuerpo. Su piel, aunque firme y seca, tenía la calidad del hielo, y estuve a punto de zafarme de su mano. Pero de nuevo recordé el vacío y el espanto de la realidad, y me animé temerariamente a seguirle adonde quisiera guiarme. Una vez en la ventana, el hombre corrió las cortinas de seda amarilla y me señaló que mirase hacia la oscuridad exterior. Durante un momento, no pude ver nada, aparte de una infinidad de lucecillas vibrantes allá lejos, muy lejos. Y luego, como en respuesta a un siniestro movimiento de la mano de mi anfitrión, un relámpago brilló por encima del paisaje y descubrí que me asomaba a un mar de vigoroso follaje —de follaje no contaminado— y no a un mar de tejados como habría supuesto cualquier mente común. A mi derecha, el Hudson brillaba maliciosamente, y más allá, frente a mí, observé el resplandor pernicioso de una gran laguna llena de perturbadas luciérnagas. Se apagó el relámpago y una maligna sonrisa encendió el cerúleo rostro del viejo hechicero.

—Eso fue antes de mis tiempos... antes de los tiempos del nuevo propietario. Pero experimentemos de nuevo.

Sentí que me abandonaban las fuerzas, más que ante la terrible modernidad de aquella ciudad maldita.

—¡Dios mío! —susurré—; ¿puede hacer eso con cualquier época?

Y al verle afirmar y observar los negros tocones de lo que en otro tiempo fueron amarillos dientes, me agarré de las cortinas para evitar desplomarme. Él me sujetó con su fría y terrible garra y repitió su maligno gesto. De nuevo surgió un relámpago... pero esta vez iluminó un paisaje no del todo extraño. Era Greenwich, el Greenwich de otros tiempos, con alguno que otro techo o fila de fachadas aquí y allá, tal como los vemos hoy, aunque con verdes calles y prados, y exuberantes zonas comunales. La laguna seguía brillando más allá, pero a lo lejos vi los campanarios de lo que era entonces todo Nueva York, con las iglesias de la Trinidad, San Pablo, y la llamada Brick Church, subyugando a sus hermanas, y una débil nube de humo de leña desplegándose por encima de todo. Respiré profundamente, aunque no tanto por la visión misma, como por las posibilidades que recordó mi aterrada imaginación.

—¿Podría... se atrevería... a ir más lejos? —dije con temor, y creo que él compartió este temor durante un segundo, pero recuperó su malévola sonrisa.

—¿Alejarme más? ¡Lo que yo he visto lo dejaría a usted petrificado! ¡Tanto hacia atrás, muy atrás, como hacia adelante, muy adelante..., ¡mire, tonto pusilánime!

Y al tiempo que repetía esta frase para sí mismo, hizo un gesto nuevo, causando en el cielo un relámpago más intenso que los dos anteriores. En un lapso de tres segundos completos pude ver una imagen demoniaca y en ese tiempo observé un paisaje que en adelante angustiará para siempre mis sueños. Vi los cielos contaminados de raros seres voladores y, por debajo de ellos, una ciudad oscura e infernal con gigantescas terrazas de piedra, sacrílegas pirámides que se elevaban brutalmente hasta la luna, e infinidad ventanas iluminadas con luces demoníacas. Y bullendo de forma asquerosa en galerías aéreas, vi a las personas amarillas y de ojos rasgados que habitan esa ciudad, vestidas espantosamente de rojo y naranja y bailando insensatamente al febril sonido de unos timbales, al son del obsceno bullicio de las serpientes y el maníaco sollozo de unos apagados cuernos cuyo infinito gemido subía y bajaba, ondulante como las olas de un sacrílego mar de betún.

Vi este espectáculo, y escuché con los oídos de la mente el irreverente caos de disonancias que lo acompañaba. Era la escandalosa materialización de todo el horror que la ciudad cadáver había sacudido siempre en mi alma, y olvidando la advertencia de que estuviese callado, grité y grité y grité, hasta que mis nervios se quebraron y las paredes temblaron a mi alrededor. Luego, cuando el relámpago se apagó, vi que mi anfitrión también temblaba. Una expresión de sobrecogido terror medio tachaba la endurecida contracción de ira que mis gritos habían provocado en él. Se tropezó, se agarró a las cortinas como había hecho yo antes y agitó su cabeza salvajemente como un animal atrapado. Bien sabe Dios que tenía motivos, porque al apagarse el eco de mis gritos, se oyó un sonido tan satánicamente sugerente que solo la adormecida emoción me mantuvo consciente y dueño de mis sentidos. Era el crujido continuo y solapado de la escalera que estaba al otro lado de la puerta, como si por ella subiera una horda de pies descalzos o calzados con mocasines. Finalmente, se escucharon las firmes y cuidadosas sacudidas del picaporte de latón, que brilló a la débil luz de las velas. El anciano escupió hacia mí, arañó en el aire mohoso y me gruñó cosas al tiempo que se tambaleaba agarrado a la cortina amarilla.

—¡La luna llena... maldito... per... perr... perro escandaloso... tú los has llamado, y vienen por mí! ¡Pies con mocasines... de los muertos... que Dios os confunda, diablos de piel roja! Yo no envenené vuestro ron..., ¿acaso no he conservado a salvo vuestra ruin magia? Bebisteis hasta poneros enfermos y ahora queréis echarle la culpa al propietario... ¡fuera! Soltad el picaporte... aquí no tenéis nada que hacer...

En aquel instante, tres golpes espaciados y muy pensados movieron los entrepaños de la puerta, y una blanca espuma salió de la boca del frenético brujo. Su miedo, convirtiéndose en férrea desesperación, dio paso a que despertara su odio contra mí. Dio un paso inseguro hacia la mesa en cuyo extremo yo me apoyaba. La cortina que sujetaba su mano derecha se puso tirante, mientras que con la izquierda arañaba en el aire hacia mí, pero finalmente se desprendió de la alta barra que la sujetaba dejando entrar en la habitación un torrente de luz de la luna llena que el cielo, cada vez más claro, había presagiado. Aquellos rayos luminosos hicieron palidecer la luz de las velas y un nuevo semblante de descomposición se distribuyó por la mohosa habitación, en la cornisa carcomida, el suelo arqueado, la chimenea arruinada, los muebles estropeados y las colgaduras andrajosas. Y también alcanzó al anciano, acaso por la misma causa, o debido a su miedo y vehemencia, y lo vi reducirse y ennegrecerse mientras se tropezaba e intentaba destrozarme con sus garras de buitre. Solo sus ojos permanecían ilesos, y miraban con un prominente y dilatado resplandor que iba en aumento al tiempo que su rostro se consumía y se carbonizaba.

Los golpes se repitieron con más insistencia y esta vez sonaron a metal. La negra entidad que tenía frente a mí había quedado reducida a una cabeza con ojos que trataba inútilmente de arrastrarse por el suelo combado en dirección a mí y lanzaba, de cuando en cuando, pequeños escupitajos de inmortal perversidad. Ahora, los rápidos y devastadores golpes contra los débiles entrepaños arreciaron, los astillaron y vi el brillo de un *tomahawk* al rajar la madera destrozada. No me moví, porque no me sentí capaz, pero observé aturdido mientras la puerta caía destrozada en medio del derrame de una sustancia negra rociada de ojos relucientes y malévolos. Se difundió como una gruesa marea de aceite, rompió un tabique carcomido, tumbó una silla al extenderse y finalmente se derramó por debajo de la mesa y por todo el suelo de la habitación como buscando la negra cabeza cuyos ojos seguían mirándome. Se cerró en torno a ella y la devoró totalmente. Un instante después comenzó a retroceder, llevándose a su invisible presa sin tocarme a mí, se desplazó hacia la puerta y se retiró hacia la escalera cuyos peldaños crujieron como antes, pero en orden inverso.

Después de eso, finalmente, cedió el suelo y caí sin aliento, medio desmayado de terror, en la oscura habitación de abajo atestada de telarañas. La luna llena, brillando a través de las rotas ventanas, me mostró la puerta del salón medio abierta y mientras me levantaba del suelo lleno de escombros y me libraba del techo caído, vi pasar el espantoso río de negrura, resplandeciente de ojos siniestros y brillantes. Buscaba la puerta del sótano y al encontrarla desapareció por ella. Ahora observé que el suelo de esta otra habitación inferior estaba cediendo igual que el de la habitación superior y a continuación arriba sonó una descarga que fue seguida por la caída de algo que vi pasar por la ventana de poniente y que debía estar en la cúpula. Librado de los escombros, crucé el piso y corrí hacia la puerta, al verificar que no podía abrirla, agarré una silla, rompí la ventana y salté furiosamente por ella al jardín descuidado donde la luz de la luna bailaba sobre la maleza y la crecida hierba. La tapia era alta y todas las puertas estaban cerradas con llave, pero ayudándome con un montón de cajones que había en un rincón, logré trepar hasta lo alto y sujetarme a una gran vasija de piedra que había allí.

En mi cansancio, no vi a mi alrededor más que paredes y ventanas exóticas y viejos techos holandeses. No encontré en ninguna parte la empinada calle por la que había caminado al llegar y lo poco que logré distinguir quedó rápidamente escondido en la niebla que subía del río, a pesar de la luminosidad de la luna. De repente, el recipiente al que me había sujetado comenzó a temblar, como si compartiese mi mortal vértigo y un segundo después mi cuerpo se soltó, cayendo a no sé cuál destino.

El hombre que me halló dijo que debí de arrastrarme durante un largo rato a pesar de mis huesos rotos, ya que había dejado una línea de sangre hasta donde él se había atrevido a ver. La lluvia que comenzaba a caer diluyó muy pronto este enlace con el escenario de mi tormento y los informes solo pudieron mencionar que salí de algún lugar desconocido, llegando hasta la entrada de un patio pequeño y tenebroso frente a Perry Street. Jamás he intentado regresar a esos laberintos tenebrosos, ni enviaría allí a ningún hombre en su sano juicio. No tengo idea de qué personaje era aquel, pero repito que la ciudad está muerta y llena de impensados horrores. No sé adónde habrá ido.

Yo he regresado a casa, a las serenas calles de Nueva Inglaterra por las que corre la suave brisa marina al oscurecer.

El descendiente

Al escuchar aquello que me dijo el doctor en mi lecho de muerte, mi más espantoso miedo es que el hombre esté equivocado. He de suponer que me sepultarán la próxima semana, pero…

En Londres existe un hombre que grita cuando suenan las campanas de la iglesia. Vive solo con su gato de rayas en Gray's Inn y la gente piensa que es un loco inofensivo. Su habitación está llena de libros frívolos e infantiles y hora tras hora trata de aislarse en sus débiles páginas. Todo lo que desea en esta vida es no pensar. Por alguna causa, pensar le resulta terrible y huye como de la hediondez de todo cuanto pueda estimular la imaginación. Es muy delgado y deslucido y está lleno de arrugas, pero hay quien señala que no es tan anciano como aparenta. El miedo ha colocado sobre él sus espantosas manos y el menor sonido lo hace atemorizarse con los ojos muy abiertos y la frente bañada de sudor. Los amigos y colegas lo evitan porque no quiere responder sus preguntas y los que le conocieron en tiempos pasados como sabio y esteta dicen que sienten compasión al mirarlo ahora. Hace años que dejó de visitarles y nadie sabe con seguridad si se fue del país o si solamente desapareció en algún callejón oscuro. Hace ya una década que se instaló en Gray's Inn, y no había querido mencionar de dónde había venido hasta esa noche en la que el joven Williams compró el *Necronomicón*.

Williams solo tenía veintitrés años y era un soñador, y cuando se mudó a la vieja casa, distinguió en el hombre arrugado y gris de la habitación vecina algo raro, como un soplo de aire cósmico. Lo forzó a aceptar su amistad cuando los viejos amigos no osaron imponerle la suya y se asombró frente a la consternación que esclavizaba a aquel hombre sombrío y pálido que observaba y escuchaba. Porque nadie podía dudar que siempre estuviera vigilando y escuchando.

Vigilaba y escuchaba con la mente, más que con la vista y el oído, y luchaba a cada segundo por sofocar algo en la permanente lectura de alegres y tontas novelas. Y cuando las campanas de la iglesia empezaban a repicar, cubría sus oídos y gritaba, y el gato gris que vivía con él maullaba al mismo tiempo, hasta que se callaba reflejando el último repique.

Pero por más que Williams lo intentaba, no lograba que su vecino le comentase nada profundo u oculto. El viejo no vivía conforme a su aspecto y a su comportamiento, sino que simulaba una sonrisa y un tono ligero, y hablaba entusiasta y frenéticamente sobre alegres pequeñeces. Su voz se elevaba y se enredaba a cada momento, hasta que terminaba en un falsete aflautado e incoherente. Sus frívolas observaciones mostraban con claridad que sus saberes eran serios y profundos y a Williams no le sorprendió escucharle mencionar que había estado en Harrow y en Oxford. Luego descubrió que era nada menos que lord Northam, de cuyo viejo castillo heredado en la costa de Yorkshire se contaban muchas historias inusuales, pero cuando Williams intentó hacerle hablar de su castillo y de su aparente origen romano, él negó que hubiera nada extraño en él. Hasta dejó escapar una turbada risita cuando surgió el comentario de un aparente segundo nivel de criptas excavadas en la roca viva del precipicio que mira hacia al Mar del Norte.

Así estaban las cosas, hasta aquella noche en que Williams volvió a casa con el *Necronomicón* del árabe loco Abdul Alhazred. Sabía de la existencia de este libro desde los dieciséis años, en que su naciente interés por lo extraordinario le motivó a hacerle raras preguntas a un viejo y encorvado librero de Chandos Street, y siempre se había preguntado por qué los hombres se inquietaban cada vez que hablaban de ese libro. El viejo librero le había contado que se tenía conocimiento de que solo habían sobrevivido cinco ejemplares a las desesperadas órdenes de los sacerdotes y legisladores, y que todos ellos eran guardados bajo llave con pavoroso cuidado. Pero finalmente, ahora no solo había encontrado un ejemplar accesible, sino que lo había adquirido por un risible precio. Lo había hallado en la tienda de un judío en el barrio pobre de Clare Market, donde solía comprar cosas curiosas, y casi le pareció que su vieja y nudosa chaqueta se reía debajo de la espesura de su barba en el instante de su gran hallazgo. La voluminosa tapa de piel con cierre de latón era atractivamente visible y su precio ridículamente bajo.

Una sola mirada al título fue suficiente para sumirle en la fantasía y ciertos diagramas insertos en el texto redactado en un impreciso latín trajeron los recuerdos más rígidos y alarmantes a su cerebro. Percibió que era definitivamente imperativo llevarse a casa el pesado volumen y comenzar a descifrarlo, y salió de la librería con tanta prisa, que el viejo judío dejó escapar una desconcertante risita al verle salir. Pero, una vez en su habitación descubrió que la letra sombreada y el estilo degradado superaban sus conocimientos lingüísticos y fue a ver, no muy convencido, al inexplicablemente asustado vecino para pedirle apoyo con aquel latín deformado y medieval. Halló a lord Northam hablando tonterías con su gato rayado y al entrar el joven se sobresaltó. Se sacudió violentamente al ver el libro y se desmayó cuando Williams le leyó el título. Al recobrar el conocimiento, le narró su historia, le habló de su ilusoria locura con frenéticos susurros... no fuese que su amigo demorara en quemar el libro y regar sus cenizas.

Seguramente, hubo algún error al comienzo, susurró lord Northam, pero no habría sucedido nada si él no hubiese ido tan lejos en sus investigaciones. Él era el décimo noveno barón de una familia cuyos inicios se remontaban de forma inquietante hacia el pasado. A un pasado extraordinariamente lejano.

Sí había que considerar la imprecisa tradición, ya que muchas historias familiares situaban sus orígenes en la era presajona, en que un tal Luneus Gabinius Capito, magistrado militar de la Tercera Legión Augusta entonces apostada en Lindus, la Britania romana, había sido destituido sumariamente de su mando por participar en determinadas ceremonias que no tenían relación con ninguna de las religiones conocidas. Gabinius, decían los chismes, había visitado la caverna del acantilado donde se reunían personas extrañas y hacían el Signo Antiguo por las noches. Personas raras a quienes los británicos no conocían, ni miraban —solo con miedo—, supervivientes de un gran país de Occidente que se había hundido, quedando únicamente sus islas con sus monumentos y sus capillas y templos, de los que Stonehenge era el más grande. Naturalmente, no se sabía cuánto había de realidad en la leyenda que atribuía a Gabinius la construcción de una fortaleza impenetrable sobre una cueva prohibida y la creación de una raza que ni pictos, ni sajones, ni daneses, ni normandos fueron capaces de exterminar o la entendida suposición de que de esa raza nació el valiente compañero y lugarteniente del Príncipe Negro, a quien Eduardo III le dio el título de barón de Northam. No se tenía seguridad sobre estas cosas, sin embargo, se conversaba a menudo sobre ellas, y en realidad, la torre del homenaje de Northam semejaba de manera impresionante al muro de Adriano. De pequeño, cada vez que lord Northam dormía en las partes más viejas del castillo había tenido raros sueños, y había adquirido la costumbre de observar retrospectivamente, a través de su memoria, escenarios velados y modelos e impresiones por completo diferentes a sus experiencias despierto. Se transformó en un soñador a quien la vida resultaba vacía y poco satisfactoria, en un explorador de regiones peculiares y relaciones en otro tiempo conocidas, pero que no se hallaban en ninguna de las zonas visibles de la Tierra.

Convencido por la impresión de que nuestro mundo palpable es solo una partícula de un tejido inmenso y lúgubre, y que fuerzas desconocidas influyen y penetran la esfera de lo conocido en cada momento, Northam, durante su juventud y en la primera etapa de su madurez, estudió, una tras otra, las bases de la religión formal y el misterio de lo oculto. Sin embargo, en ninguna parte pudo hallar satisfacción y alegría, y al comenzar a envejecer, las dolencias y las limitaciones de la vida se fueron tornando cada vez más atormentantes para él.

Durante los años noventa mostró interés por el satanismo, y siempre leyó con avidez cualquier doctrina o teoría que pareciera ofrecerle un escape a las cerradas perspectivas de la ciencia y de las leyes pesadamente invariables de la

Naturaleza. Devoraba con entusiasmo libros como el relato quimérico de Ignatius Donnelly sobre la Atlántida y una docena de macabros predecesores de Charles Fort le atraparon con sus extravagancias. Viajó leguas para seguir el rastro de un relato sobre un pueblo secreto de animales fantásticos y una de las veces fue hasta el desierto de Arabia a buscar la Ciudad Sin Nombre, de la que había escuchado hablar remotamente y que ningún hombre había observado. Allí sintió en su interior despertar la tentadora creencia de que existía una entrada fácil a dicha ciudad, y de que si uno la encontraba, se le mostrarían libremente las profundidades del exterior cuyas resonancias vibraban tan tenebrosamente en el fondo de su memoria.

Puede que estuviera en el mundo tangible o tal vez, solo estaba en su mente y en su espíritu. Tal vez, él atesoraba dentro de su mente, aquella relación misteriosa que le mostraría las vidas anteriores y futuras de olvidadas dimensiones, que le uniría a los astros, y a las eternidades y al infinito que se hallan más allá de todos ellos…

Índice